Wilhelm Jacoby, Franz Deutschinger

Der Glückspeter

Lustspiel in drei Akten

Wilhelm Jacoby, Franz Deutschinger

Der Glückspeter
Lustspiel in drei Akten

ISBN/EAN: 9783742878199

Hergestellt in Europa, USA, Kanada, Australien, Japan

Cover: Foto ©Andreas Hilbeck / pixelio.de

Manufactured and distributed by brebook publishing software (www.brebook.com)

Wilhelm Jacoby, Franz Deutschinger

Der Glückspeter

für sämmtliche Bühnen im ausschließlichen Debit der
Verlags-Firma A. Entsch in **Berlin.**
Dort aus allein ist das Recht der Aufführung zu erwerben.

Alle Rechte vorbehalten.
Ent. at Stat. Hall, London.
Berlin 1896.

Personen.

Peter Heinefetter.

Eva, seine Tochter.

Eugen, sein Neffe.

Johannes Heinefetter, sein Bruder, fürstlich Lippe'scher Steueramts-Controlleur a. D.

Alma, dessen Frau.

Clementine, beider Tochter.

Josef Schallinger.

Toni, seine Frau, geb. Heinefetter.

Susi, beider Tochter.

Franz Fellner, Oekonomie-Inspektor.

von Reifenstein.

Gertrud, Wirthschafterin
Justus, Hausfactotum } bei Peter Heinefetter.

Ein Dienstmann.

Ort der Handlung: Berlin.

Zeit: Die Gegenwart.

Rechts und links vom Publikum aus genommen.

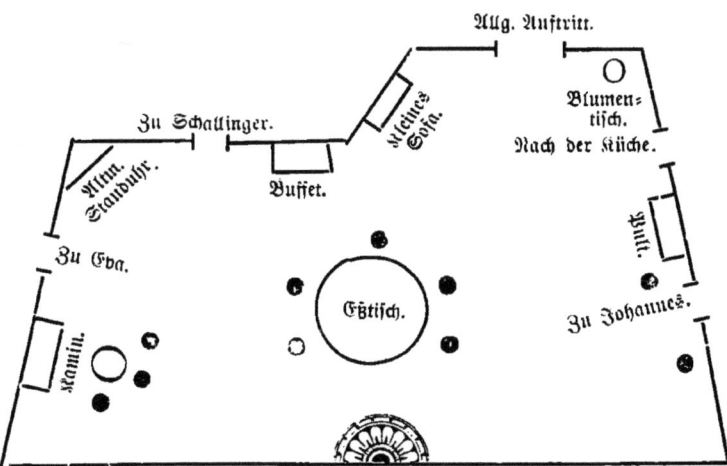

Ueber dem Mitteltisch altmodische Krone.

Erster Akt.

Familienzimmer bei Peter Heinefetter. Alles einfach aber gediegen ausgestattet. Eichenmöbel — etwas altmodisch. In der Mitte ein Eßtisch, Stühle darum; links Kamin und Sitzgelegenheit davor. In der Hinterwand zwei Thüren. Seite rechts zwei Thüren, links eine Thür; an der Wand rechts zwischen den beiden Thüren ein Stehpult. Auf dem Tisch in der Mitte Vorbereitungen zum Frühstück, eine Vase für Blumen 2c.

NB. Siehe Decorations-Skizze!

1. Scene.

Peter. Justus. (Dann) Gertrud.

Peter (ein rüstiger Mann von 50 Jahren, schlicht und jovial, am Stehpult rechts, Briefe ordnend).

Justus (ein älterer Mann, früher Altgeselle bei Heinefetter, brummig aber gutmüthig, kommt, einen Werkzeugkasten und Hammer tragend, von Mitte links und will nach Mitte rechts gehen.)

Peter. Nun, Justus, sind die Zimmer für die Schallinger's in Ordnung?

Justus (brummig). Sie haben's ja befohlen, Meister.

Peter. Nur weil's ich's befohlen habe? So brummig, Alter?

Justus. Nun, zu Ihrer Bequemlichkeit wird's nicht werden.

Peter. So ein bischen Unbequemlichkeit kann man sich schon gefallen lassen, wenn es gilt, wieder einmal die Seinen nach so langer Trennung um sich zu sehen.

Justus (wie oben). Nun ja, ich meine ja auch nur.

Gertrud (ein altes Inventarstück des Hauses, kommt von Seite rechts II mit einem Blumenstrauß und einem großen Napfkuchen, steckt während des Folgenden den Blumenstrauß in die Vase und richtet und ordnet den Kaffeetisch).

Peter. Nu, Mutter Gertrud, gelt, das giebt Unruhe.

Gertrud. Das schadet nichts, für die lieben Seinigen, da thut man schon ein Uebriges.

Als Manuscript gedruckt.

Peter. Nicht wahr! (Zu Justus.) Da nimm Dir ein Beispiel, alter Brummbär.

Justus. Na, ich wünsch' ja auch alles Gute.

Peter. Ja, glücklich sollen sie werden, Alle miteinander, und ich mit Ihnen. Ich will nicht umsonst der Glückspeter heißen! Meine Schwester, die Toni —

Gertrud. Ja, die liebe Toni, die kommt ja auch heute noch aus Wien.

Peter. Die hat sich ja so nach uns gesehnt.

Justus. Sie hat aber auch 'nen Mann und 'ne Tochter.

Peter. Das ist ja gerade das Schöne. Und mein Bruder Hans —

Justus. Der hat auch 'ne Frau und 'ne Tochter, das ist aber gerade nicht schön.

Gertrud. Aber Justus —

Peter. Du bist wie ein alter Kettenhund, der Alles anbellt, was in seine Nähe kommt.

Justus. Schon möglich. Aber immer besser, er bellt, als — (mit einem Blick auf Gertrud) er wedelt Jedem freundlich zu.

Peter. Du wirst Dich schon noch anfreunden.

Justus (brummt in sich hinein). Hm - wir werden's ja erleben!

Peter. Es war immer mein Schmerz, daß uns Geschwister das Schicksal so in die Welt verstreut hat.

Gertrud. Ja, Herr Heinefetter, das ging doch nicht anders.

Peter. Freilich, aber jetzt, wo wir uns das leisten können, hab' ich sie Alle zu mir kommen lassen — sämmtliche Heinefetter.

Justus (nickend). Die ganze liebe Verwandschaft!

Peter. Nur eine Familie wollen wir bilden, ein neues Heim wollen wir uns schaffen.

Justus. Ich war mit dem alten ganz zufrieden.

Peter. Mein Bruder Hans, der soll nun seine verdiente Ruhe genießen. (Zu Gertrud.) Er hat doch Alles gehabt, wie er's wünscht.

Gertrud. Ich denke doch. Nur das Rasirwasser war ihm zu kalt.

Justus. Und die Stiefel, die waren ihm nicht blank genug.

Peter. Da müßt Ihr eben aufpassen. Aber sonst?

Gertrud. Hm! — Ihr Herr Bruder ist ein bischen zurückhaltend.

Peter. Ja, er hat immer noch die Amtsmiene. Wenn man so lange hinter den Akten gesessen —

Gertrud (wichtig). Freilich — so ein Staatsbeamter, der — was war er doch?

Peter. Fürstlicher Steueramts=Controlleur.

Gertrud (mit ehrfurchtsvollem Kopfnicken). Hm! — ja — fürstlicher Steueramts=Controlleur! Und die Frau Steueramts=Controlleurin — ja, die kennt ihre Würde. Und ihre Tochter, die Clementine —

Justus. Die hat auch 'was davon.

Peter. Wir müssen uns erst an einander gewöhnen. Das wird schon Alles anders werden. — Und ist denn mein Neffe Eugen schon beiwege?

Gertrud. Den hab' ich noch mit keinem Auge gesehen.

Peter. Ja, die Jugend, die hat noch gesunden Schlaf.

Justus. Na, wenn man weiter nichts hat — den hab' ich auch.

Peter. Der Eugen wird schon noch bei mir werden. Das bin ich dem Andenken meines verstorbenen Bruders schuldig, aus seinem Sohn einen tüchtigen glücklichen Menschen zu machen.

Justus. Der sieht nicht darnach aus, als ob er sich glücklich machen ließe — wenigstens von Ihnen nicht. Der hat den Theaterteufel im Leibe.

Peter. Meinst Du? (Ueberlegen lächelnd.) Den hab' ich ihm schon gründlich ausgetrieben.

Justus (für sich.) Das weiß ich besser.

Peter (geht an das Pult, schließt ab und nimmt seinen Hut. Zu Justus). Jetzt geh mal zu Fellner — ich hätte Nachricht wegen des Gutes —

Justus. Da brauch ich nicht weit zu gehen — der hat schon drüben bei Fräulein Eva Station gemacht.

Peter (schmunzelnd). So? Das ist recht. Dann laß ihn nur, bis ich wiederkomm'. (Sich vergnügt die Hände reibend.) Das wird ja hoffentlich nun auch in die Reihe kommen?

Gertrud (aufrichtig). Da geb' Gott seinen Segen dazu.

Justus. Die Zwei sollen wohl auch glücklich gemacht werden?

Peter. Ja, Du altes Murmelthier! Ich werd' doch mein eigenes Kind nicht vergessen. Also, Mutter Gertrud,

Als Manuscript gedruckt.

richte nur den Kaffeetisch so nett als möglich her, daß sich mein Bruder gleich am ersten Morgen recht behaglich fühlt.

Gertrud (auf den Tisch weisend). Sie sehen doch — die schönen Blumen und den Kuchen.

Peter. Ja, ja! Und zu Mittag, da haben wir auch schon die Toni und ihre Familie — vergiß nur nicht, Justus, daß Du mit Fellner auf die Bahn mußt, sie abholen.

Justus (geht vor sich hinbrummend). Weiß schon, als Packesel. (Mitte rechts ab.)

Peter (ihm nachrufend und zu Gertrud). Und nicht plaudern, das soll eine Ueberraschung für meinen Bruder werden, hörst Du, Mutter Gertrud! (Mitte rechts ab.)

Gertrud (ihm nachgehend). Sie kennen mich doch nicht erst seit heute, Herr Heinefetter. (Seite rechts II ab.)

2. Scene.

Eva. Franz.

Eva (kommt von Seite links, Franz folgt ihr). Das ist recht häßlich von Ihnen, Herr Fellner, daß Sie an nichts Antheil nehmen, was mir Freude macht.

Franz (immer befangen, wenn es seine persönlichen und gemüthlichen Angelegenheiten betrifft, wie Eva gegenüber — sonst aber in praktischen Dingen und wenn es die Interessen Anderer gilt, sicher und von intelligenter Offenheit). Ich bedaure, Fräulein Eva, aber zum Komödienspielen hab' ich eben kein Talent.

Eva. Aber Sie könnten sich doch für unsere Dichter begeistern.

Franz. O, ich habe großen Respekt vor ihnen.

Eva. So? Das merk' ich nicht. (Setzt sich nachlässig auf einen Stuhl am Kamin.) Wenn ich deklamire, dann lachen Sie, was Sie sonst gar nicht so leicht thun.

Franz. Hab' ich gelacht? — Gewiß nicht über den Dichter.

Eva. Immer besser! Also über mich?

Franz. Entschuldigen Sie — ich habe nur über meine eigene Einfalt gelacht.

Eva. Ihre eigene Einfalt?

Franz. Daß ich nur einen Augenblick fürchten konnte, Sie würden je den Gedanken an die Bühne fassen.

Eva (herausfordernd). Und warum nicht?

Franz (zaghaft). Nun — wenn man — so wenig Beruf dazu hat.

Eva. Sie sind ja sehr aufrichtig. (Steht auf.) Zum Glück denken Andere, denen ich darin mehr Urtheil zutraue, doch etwas freundlicher. (Geht an Fellner vorbei auf die andere Seite.)

Franz. Das sollte mir leid thun.

Eva. Ich hab' nun einmal so einen Drang hinaus in die Welt.

Franz. In die Welt?

Eva. Ja, in die Theaterwelt.

Franz. Fräulein Eva, ich kenne Sie nicht mehr.

Eva. Das muß zu schön sein — so auf der Bühne stehen — und dann der Beifall der Menge, die Blumen und Lorbeerkränze — Vetter Eugen hat mir Alles erzählt.

Franz. Also er hat diese Wandlung hervorgebracht?

Eva. Ja, der versteht's — der hat mein Talent entdeckt.

Franz. Eugen!? Und Ihr Vater glaubt, er habe jedem Gedanken an die Bühne entsagt.

Eva. Ja, Papa möchte gern einen soliden Kaufmann aus ihm machen, aber er täuscht sich gewaltig, Eugen schwärmt mehr als je für's Theater.

Franz. Und wie ich sehe — Sie auch.

Eva. Ich kann's nicht leugnen.

Franz. Und die Pläne Ihres Vaters?

Eva. Deshalb kann ich doch mein Talent nicht unterdrücken.

Franz. Und — und meine Hoffnungen!?

Eva. Ja, nun kommen Sie wieder mit Ihren Bedenklichkeiten, statt mir Muth zuzusprechen.

Franz (kopfschüttelnd). Ihr armer Herr Vater, es kommt Alles anders, wie er sich's gedacht.

Eva. Ach, lassen wir das.

Franz. Ja, lassen wir das. (Verstimmungspause.)

Eva. Ob der Onkel schon auf ist? (Geht nach der Thüre rechts I.)

3. Scene.

Vorige. Clementine.

Clementine (25—26 Jahre alt — etwas tantenhaft — Provinzialin — kommt von rechts I.) Guten Morgen Evchen.

Als Manuscript gedruckt.

Eva (ihr herzlich die Hand reichend). Liebe Clementine —

Clementine. Ist keine Post für Vater gekommen?

Eva. Ich weiß nicht. Ich will Justus fragen.

Clementine. Ach, laß nur. (Vorkommend und Franz etwas geziert grüßend.) Herr Fellner.

Franz (der zerstreut dagestanden, grüßt zurückhaltend). Fräulein Clementine.

Eva. Ihr thut ja so fremd.

Clementine. Unsere Bekanntschaft ist ja auch noch so jung nun, wir werden ja Gelegenheit haben, uns näher kennen zu lernen.

Eva. Da wir nun eine Familie bilden.

Franz. So weit ich mich dazu rechnen kann — nicht wahr, Fräulein Eva?

Eva (unbefangen). Nu, natürlich.

Clementine (Franz zärtlich die Hand reichend). Also auf gute Freundschaft, Herr Fellner.

Franz (etwas gezwungen ihre Hand fassend). O, das — das versteht sich ja von selbst.

Eva (Clementinens Hand unter ihren Arm legend, auf Franz hinübersprechend). Ich bin so froh, daß ich endlich Jemand habe, der mich versteht und dem ich mein Vertrauen schenken kann.

Clementine. Schütte Dein Herzchen nur bei mir aus.

Franz. Da will ich nicht stören

Clementine. O, Sie stören durchaus nicht —

Franz. Sie verzeihen, Herr Heinefetter erwartet mich — (er empfiehlt sich). Meine Damen! (Mitte rechts ab.)

4. Scene.

Clementine. Eva.

Clementine (Fellner verwundert nachsehend). Was hat denn Herr Fellner?

Eva. Ich hab' ihm meine Meinung gesagt.

Clementine. Eine Eifersuchtsscene.

Eva. Ach — Eifersucht!

Clementine (immer aushorchend). Nun, vielleicht wegen Vetter Eugen? Du scheinst Dich sehr für ihn zu interessiren.

Eva. Nun ja, er macht mir viel Spaß, ich habe mein Talent durch ihn entdeckt.

Clementine. Dein Talent?

Eva (nimmt Clementine wieder unter'n Arm, heimlich). Ja, für die Bühne. Aber Du mußt noch nichts verrathen.

Clementine. Für was hältst Du mich! — Also Vetter Eugen —

Eva. Ja, der hat's gleich wegbekommen.

Clementine. Und Herr Fellner?

Eva. Der hat dafür kein Verständniß. Er ist ja viel gediegener als Eugen, mehr wie Vater. Aber Eugen, der — der hat so was, was ich bisher noch nicht kannte.

Clementine. So?

Eva. Er scheint freilich ein bischen leicht — aber —

Clementine. Das gefällt Dir. Nun, wer weiß, vielleicht — Du und er —?

Eva. Was denn?

Clementine. Du bist noch ein rechtes Kind. — Aber sage, Evchen, betrachtet der Onkel Herrn Fellner nicht als Deinen stillen Verlobten?

Eva. Ja, Vater — aber das hat gute Wege.

5. Scene.

Vorige. Eugen. (Zuletzt) **Gertrud.**

Eugen (ein junger Mann von 20 Jahren mit Schauspieler-Allüren, sieht vorsichtig zur Thür Mitte rechts herein). Ah, meine verehrten Cousinen! — Ist die Welt schon weggegeben? — Komme ich zu spät?

Eva. Wozu?

Eugen. Zum Kaffee.

Eva. Ach nein — das dauert heut' etwas länger.

Eugen? Das trifft sich ja herrlich. (Zu Eva.) Wir haben nämlich ein bischen gebummelt.

Eva. Die ganze Nacht durch?

Eugen (auf die Uhr sehend). Ja, es ist ein bischen spät geworden.

Eva. Aber Eugen!

Eugen. Ich war im Theater und da — na, ich erzähl' Dir das ein ander Mal.

Als Manuscript gedruckt.

Eva. Du kannst immer offen vor Clementine reden. Sie weiß Alles, und will uns beistehen. Nicht wahr, Clementine?

Clementine (nickt).

Eugen. Wirklich!! Das ist himmlisch! (Emphatisch Clementinens Hand küssend.) Sie sind ein Engel; der uns im rechten Augenblick erschienen.

Clementine. Sie Schmeichler.

Eugen. Nein, nein! — Morgen geht's los.

Eva. Was denn?

Eugen. Morgen Nachmittag ist doch die Vorstellung, in der ich spiele. Da mußt Du doch dabei sein.

Eva. Ja, was sag' ich denn nur.

Eugen. Na, ein Vorwand wird sich schon finden. Fräulein Clementine begleitet Dich.

Eva. Ja — das ginge. Willst Du, Clementine?

Clementine. Wenn's weiter nichts ist.

Eugen (zu Eva). Du kannst vor der Vorstellung gleich eine Probe Deines Talents ablegen — ich hab' schon Alles vorbereitet —

Eva (ängstlich). Ich soll auf dem Theater vor fremden Leuten spielen?

Eugen. Herrje! Du wirst doch nicht Angst haben?

Clementine. Wegen dem bischen Theaterspielen? Ich habe doch auch schon gespielt.

Eva. Du?

Clementine (wichtig). In Detmold, im Veteranenverein. O, ich wurde sehr fetirt. Es hat sogar im Blatt gestanden! Habt Ihr denn in Berlin nicht davon gelesen? Ueberhaupt — wenn man in so einem Verein ist — da fängt man erst zu leben an.

Eva. Ja, das mag sein — aber auf einem wirklichen Theater spielen, das ist doch was anders, das muß man doch erst lernen.

Eugen. Lernen! Nee, sowas! Komödienspielen lernt man doch nicht. Das ist das angeborene Talent — Vererbung! Ich hab's von meiner Mutter selig — das war auch eine große Schauspielerin.

Eva (sich scheu umsehend). Ja — Vater spricht nicht gern davon.

Eugen. Er will's ja auch bei mir nicht wahr haben — aber ich werd's ihm schon beweisen. — Lernen?! Man hat seine künstlerische Individualität — mit der wird Alles gemacht.

Eva. Ja, aber die schöne Deklamation —

Eugen. Schöne Deklamation? — Wissen Sie, was schön ist, Fräulein Clementine! — Ich nicht. — Für uns Modernen giebt es nur Wahrheit! — Und Deklamiren!? Herrje! Wer deklamirt denn heute noch? Die alten Zöpfe! Heute spricht man, wie einem der Schnabel gewachsen ist — und wenn er einem schief gewachsen ist — dann — dann ist das eben meine berechtigte Eigenthümlichkeit, die sich die Andern gefallen lassen müssen.

Eva. Hörst Du, Clementine — der Eugen, der versteht's.

Clementine. Ja — das klingt recht zuversichtlich.

Eugen. Und ist auch das Richtige. Gesunder Naturalismus, wie er heute Kunst und Dichtung beherrscht.

Eva. Naturalismus? — Was ist das eigentlich?

Eugen. Unverfälschte Nachahmung der Wirklichkeit.

Eva. Ist das 'ne Kunst?

Eugen. Die Höchste! — Wer läßt denn heute einen Menschen in so geschwollenen Phrasen reden, wie zum Beispiel der Shakespeare den König Lear, wenn er im Gewitter auf der Haide herumraisonnirt. (Deklamirt mit hohlem Pathos.)

„— Blast ihr Wind und sprengt die Backen — wüthet, blast —

„Ihr Katarakt und Wolkenbrüche speit — —"

und so weiter ins Unglaubliche. — Das ist ja lächerlich! — Damit darf man heute nicht kommen. — Der alte Mann, der da in der Nacht im Gewitter bloßköpfig herumläuft, der müßte ungefähr so sprechen: — „Das ist doch niederträchtig — der Wind — der Regen — und wie's kracht — ich bin naß bis auf die Haut — und in einem solchen schandbaren Wetter jagen einem diese miserablen Kreaturen ohne Hut und Regenschirm aus'm Haus!" — So ungefähr spricht ein Mensch, dem so was passirt.

Eva. Aber der König Lear — das ist doch ein König —

Eugen. Ein Mensch, wie andere auch.

Eva. So recht begreif' ich das nicht —.

Eugen. Das wird schon kommen, wenn Du erst Deine Vorbilder in der neuen Schule gefunden hast.

Als Manuscript gedruckt.

Eva. Und glaubst Du, daß ich auch so eine künstlerische Individualität habe — wie Du's nennst?

Eugen. Natürlich — Du bist ja die geborene Schauspielerin.

Eva (zu Clementine.) Meinst Du auch?

Clementine. Du hast doch schon Deinen Entschluß gefaßt.

Eva. Ja — aber ein wenig bang ist mir doch.

Eugen. Aber Evi, ohne Kampf kein Sieg! — Ich will nur schnell ein bischen Toilette machen — also bis zum Kaffee! — Muth, Evi! Das Genie, das läßt sich nicht halten — das muß sich ausleben — wie es ja die Aufgabe des modernen Menschen ist. Nimm Dir ein Beispiel an mir, ich habe bereits angefangen, mich auszuleben. (Rasch Mitte rechts ab.)

Clementine. Vetter Eugen scheint viel Energie zu haben.

Eva. Ja — mehr wie mancher Andere. Aber mir ist doch manchmal recht sonderbar zu Mute.

Gertrud (von Seite rechts II, noch an der Thüre). Evchen!

Eva. Was denn, Mutter Gertrud?

Gertrud (vorkommend und vor Clementine knixend). Ach, entschuldigen Sie, wenn ich störe. Aber Evchen ließ sich's nicht nehmen, sie wollte heute auch ihre Künste in der Küche zeigen, es ist noch so viel zu thun.

Eva (zu Clementine). Wir erwarten heut noch Gäste — Ihr sollt überrascht werden.

Clementine. Laß Dich nicht abhalten.

Eva. Komm doch mit — da können wir wir weiter plaudern.

Clementine. In der Küche — vor den Dienstboten?

Eva. Es ist doch niemand da als Mutter Gertrud.

Gertrud. Wir stören Sie gewiß nicht, Fräulein Clementine.

Eva. Mutter Gertrud hört auch nichts, was sie nicht hören soll. Nicht wahr?

Gertrud. Evchen spricht ja auch nichts, was ich nicht hören kann.

Eva. Wer weiß. — Komme nur Clementine!

Clementine. Wenn Du durchaus willst. (Geht mit Eva und Gertrud Seite rechts II ab.)

6. Scene.

Johannes. Alma.

Johannes (der ältere Bruder Peters, etwa 60 Jahre, pedantische, stark chargirte Figur, Brille auf der Stirne, Feder in der einen Hand, in der andern eine lange Pfeife, in Schlafrock und Pantoffeln, geht vor Alma her). Nun ja — wenn Du darauf bestehst, so will ich mit ihm reden.

Alma. Aber Hänschen, doch nicht im Schlafrock, und nicht gleich — (Alma hat die Eigenthümlichkeit, daß sie ihren Mann, je nachdem sie in Güte oder in Strenge etwas zu erreichen sucht, in wohlaccentuirter Steigerung entweder Hänschen, Hans oder Johann anredet.)

Johannes. Warum quälst Du mich dann und läßt mich nicht bei meiner Arbeit, Du weißt doch, wie dringend —

Alma. Mach' Dich doch nicht lächerlich, Hans. Du bist doch nicht hier, um in Deinen Akten zu wühlen.

Johannes. Aber auch nicht, um Deine Wühlereien zu ertragen.

Alma (strenge). Johann! (NB. Mit dem Accent auf der zweiten Silbe.)

Johannes (timide). Nun ja. So etwas das macht sich ordnungsmäßig schriftlich (immer mit einer entsprechenden Handbewegung) auch leichter, als es sich sagen läßt. Du weißt doch, mit der Feder, da bin ich gewandt und sicher.

Alma. Ach was schreiben! Reden sollst Du!

Johannes. Ja, aber die Form — bei so was muß doch die Form gewahrt werden.

Alma. Aber Hans, Du verhandelst doch nicht mit Deinem Chef — Du stehst Deinem Bruder gegenüber — der fürstlich Lippe'sche Steueramtskontrolleur dem früheren Herrn Drechslermeister.

Johannes (selbstbewußt). Ja, da hast Du Recht, das ist allerdings eine Respektstellung, die ich ihm gegenüber einnehme.

Alma. Nun also, Hänschen, sag' ihm ganz einfach, wir brauchen noch einen kleinen Vorschuß, um uns zu rangiren, bis zum nächsten Quartal, wo wir unsere fürstliche Pension —

Johannes (kleinlaut). Nun, Almachen, fürstlich ist sie gerade nicht —

Alma. Die Höhe der Pension ist es auch nicht, worauf es ankommt, sondern es sind die Verdienste, der man sie verdankt.

Als Manuscript gedruckt.

Johannes. Ja, meine Verdienste — das ist mein Stolz, — das neue Schema für die Steuerzettel, das war mein Werk.

Alma (stolz). Siehst Du! Und die Verdienste Deines Bruders? Worin bestehen die? (Wegwerfend.) In einem Patent auf eine neue Drehbank, womit er das viele Geld zusammengescharrt hat. Also wahre Deine berechtigte Sonderstellung, wenn Du mit ihm redest —

Johannes. Ordnungsmäßig schriftlich könnt' ich sie noch besser wahren — (Mit entsprechender Geberde.) Denn so Tausend, auch zwei Tausend Mark, das schreibt sich so leicht und spricht sich so schwer, wenn Einer den Andern dabei so anschaut.

Alma. Ja, es schreibt sich aber ebenso leicht „ordnungsmäßig" zurück — (Macht ihm seine Geberde nach.) Nein, lieber Bruder, keine zwei Tausend, auch keine Tausend Mark. Sprich nur und schau ihn dabei an mit Deinem selbstbewußten Blick. Das wird ihm schon imponiren.

Johannes. Meinst Du, Almachen?

Alma. Ueberhaupt müssen wir über unsere Stellung hier im Hause klar werden — Du bist doch der Senior der Familie und kannst als solcher Deine Ansprüche machen.

Johannes. Das versteht sich von selbst. Wir sind doch nicht von Detmold hierhergekommen, um sozusagen das Gnadenbrot hier zu essen.

Alma. Auch Clementinens Zukunft muß sicher gestellt werden.

Johannes. Natürlich, meine Tochter kann überall anklopfen.

Alma. Ich habe auch schon meine Pläne. Da ist dieser Herr Fellner. Dein Bruder spekulirt auf ihn für seine Tochter. Er muß daher ein wohlsituirter Mann sein. Eva scheint sich aber mehr für den Vetter Eugen zu interessiren. Das wird sich also machen lassen.

Johannes. Und das hast Du Alles in der kurzen Zeit herausbekommen!?

Alma. Ein Mutterauge sieht scharf — namentlich wenn keine Zeit mehr zu verlieren ist. Nun zieh' aber Deinen Schlafrock aus und Deine Pantoffeln — so kannst Du doch nicht zum Frühstück erscheinen.

Johannes. Warum denn nicht — zu Hause mach' ich's doch immer so?

Alma. So lange wir gewissermaßen noch Gäste sind, müssen wir immerhin die Dehors wahren — sind wir einmal hier zu Hause, dann fallen natürlich die Rücksichten weg.

Johannes. Soll ich vielleicht den Frack anziehen, Almachen? Das macht Effekt.

Alma. Natürlich — und vergiß auch das Knopfloch nicht.

Johannes. Das ist immer besetzt.

Alma. Und nach dem Frühstück wirst Du mit ihm sprechen.

Johannes. Sprechen? — Ja — ich will mir nur schnell noch ein Concept dafür aufsetzen.

Alma. Ach Unsinn! Sprich nur frei von der Leber weg - wie Du zu mir sprichst — mit Deiner unerschrockenen Offenheit — Du sollst sehen, wie er klein beigiebt.

Johannes. Meinst Du, Almachen? Aber weißt Du, so ein Concept —

Alma (drängt ihn zum Abgehen). Ich will Dir schon das Concept dazu geben. (Mit Alma Seite rechts I ab.)

7. Scene.

Peter. Franz.

Peter (mit Franz durch die Mitte rechts). Ja, was ist denn das heute mit Ihnen, Franz? Sie sind ja so wortkarg?

Franz. Ich wüßte nicht, Herr Heinefetter —

Peter (pfiffig). Sie waren ja schon bei Evchen — hat's da was gegeben? Sie ist manchmal eine recht launenhafte Jöhre.

Franz. Ach nein, nur leicht erregbar.

Peter. Und Sie leicht eingeschüchtert. Das müssen Sie sich bei Zeiten abgewöhnen, damit sie Sie später nicht auch so tyrannisirt wie mich.

Franz. Ach, Herr Heinefetter, ich fürchte —

Peter. Was denn?

Franz. Daß es am Ende gar nicht zum Tyrannisiren kommt.

Als Manuscript gedruckt.

Der Glückspeter.

Peter. Ich will nicht hoffen.

Franz. Ich — ich meine nur —

Peter. Schämen Sie sich. Ein junger Mann, der ein Mädchen liebt, der muß es auch zu gewinnen wissen. Da können Sie noch was von meinem Neffen, dem Eugen, lernen — der hat so 'ne Art.

Franz. Ja — der!

Peter. Und Sie haben doch auch noch sonst 'was einzusetzen. Also nicht den Kopf hängen lassen, junger Freund.

Franz. Herr Heinefetter, Sie sind so gütig gegen mich und ich —

Peter. Sie gehören doch zu uns. Ich kann nur mein Geld und meine Arbeitsfreudigkeit dazu geben — aber was wäre ich ohne Ihren Kopf? Na, und Ihr Herz, das sichert mir Evchen.

Franz (Peter's dargebotene Hand herzlich drückend). Es gehört auch so Ihnen.

Peter. Ja, das weiß ich längst. Also, warum ich Sie bitten ließ. (Geht an das Pult, holt einen Brief heraus und reicht ihn Franz.) Da schreibt mir der Agent, der Wolfsohn, wegen des Gutes, das unser neues Familienheim werden soll — an dem Preis wäre nicht zu rütteln — das könnt' ich schon aus der gerichtlichen Taxe ersehen u. s. w.

Franz (plötzlich wie umgewandelt, in klarem zuversichtlichem Redefluß). Die gerichtliche Taxe will gar nichts sagen, sie datirt vom Jahre 90. Seitdem hat sich der Zustand des Gutes sehr zu seinem Nachtheil verändert. Der seitherige Pächter hat die Gebäulichkeiten verfallen lassen, den Viehstand heruntergebracht, den Boden ausgesogen und in Folge der Mißwirthschaft auch das Ergebniß der Brennerei beeinträchtigt. Soll das Gut wieder ertragsfähig werden, dann bedarf es neben eines großen Betriebskapitals einer intelligenten gewissenhaften Arbeitskraft. Das muß bei Abschluß des Kaufes in Betracht gezogen werden. Dann aber — das ist meine feste Ueberzeugung — können Sie getrost das Gut übernehmen — der Kauf wird Sie nicht gereuen.

Peter (der ihm mit offenen Munde zugehört). Sie sprechen ja auf einmol wie ein Buch.

Franz (immer noch erregt). Ja, es handelt sich doch um Ihr Wohl und Wehe —

Peter. Nun reden Sie auch 'mal so mit Evchen! — Sie sollen sehen, wie rasch Sie da zum Ziele kommen.

Franz. Wie meinen Sie das, Herr Heinefetter?

Peter. Ebenso energisch — das imponirt — das wollen die Weiber.

Franz. Ich hab' eben gar keine Erfahrung. Wenn man so wie ich ohne Mutter und Schwester unter der Obhut des Onkel Schulmeisters aufgewachsen ist, und dann seine Lehrjahre auf einem entlegenen Landgut zugebracht hat — ist man einer Dame gegenüber etwas unbeholfen.

Peter. Ach was — dazu braucht man doch nicht lange Studien — man muß nur bis über die Ohren verliebt sein.

Franz. Na, dann müßt' es mir ja sehr leicht werden.

Peter. Nu also —

Franz (zögernd). Wie haben Sie's denn gemacht, Herr Heinefetter?

Peter. Ich bin meiner Agnes zu Füßen gefallen, hab' ihre Hand erfaßt, ihr meine Liebe geschworen, und bin nicht eher aufgestanden, als bis ich ihr Jawort hatte.

Franz. Hand erfassen — Liebe schwören — und dann liegen bleiben — Sie glauben, daß das Richtige ist?

Peter. Bei meiner Agnes hat's gewirkt — und die Eva wird ja nicht aus der Art geschlagen sein.

Franz. Wenn Sie glauben, will ich's versuchen, aber (seufzt) ich fürchte —

Peter. Ein Mann wie Sie! wenn ich in meiner Jugend so dagestanden wäre, da hätt' ich ganz anderes durchgesetzt, da wär' ich heut' vielleicht Minister.

Franz. Da wären Sie gewiß nicht glücklicher.

Peter. Meinen Sie? Nun, ich mach' mir auch keine Skrupel darüber. Ich hab' ja auch so eine schöne Aufgabe vor mir, mein Familie glücklich zu machen, und dazu sollen Sie mir helfen.

Franz. Das ist ja mein innigster Wunsch.

Peter. Also gehen Sie mal zu dem Wolfsohn, ich will doch endlich wissen, wohin mit meinen Verwandten —

Franz. Da will ich sofort —

Peter. Na, so sehr eilt es nicht, daß Sie nicht zum Frühstück bleiben könnten.

Als Manuscript gedruckt.

Franz. Nein, ich will doch lieber gleich —

Peter. Das sieht ja aus, als ob Sie die Flucht ergriffen —

Franz. Und dann wird's auch nachgerade Zeit, daß ich, wie verabredet, Ihre liebe Familie aus Wien vom Bahnhof abhole.

Peter. Ja, damit mein Bruder hier nichts merkt —

Franz. Sie sehen also —

Peter. Na, dann gehen Sie in Gottesnamen — ich will inzwischen sehen, ob Alles in Ordnung ist — und vergessen Sie nicht, wie's gemacht wird.

Franz. Gewiß nicht, wenn es sich nur darum handelte —

Peter. Sie werden mir doch nicht die Freude verderben! Wenn das mit dem Gut in die Reihe gebracht ist, dann geht's hinaus nach Friedrichshagen, und da möcht' ich den Meinigen gleich den neuen Verwalter und die Frau Verwalterin vorstellen, hören Sie, Franz — also frisch darauf los — das wirkt immer! (Mitte links ab.)

Franz (kopfschüttelnd). Hand erfassen — Liebe schwören — und dann — wer weiß wie lange liegen bleiben — das krieg' ich mein Lebtag nicht fertig.

8. Scene.

Franz. Eugen.

Eugen (ist von Mitte rechts eingetreten, man sieht ihm an, daß er Toilette gemacht hat, zu Franz, der von ihm abgewendet steht). So nachdenklich, Herr Fellner. Wieder wichtige geschäftliche Combinationen?

Franz (zerstreut). Ja, ich habe Eile. (Will gehen, bleibt aber wieder stehen und sieht Eugen von der Seite an.)

Eugen. Lassen Sie sich nicht abhalten. (Geht nach vorn und beschnüffelt den Kaffeetisch.)

Franz (für sich). Sagte er nicht, ich solle mir Eugen zum Muster nehmen? (Kommt zurück.) Es widerstrebt mir zwar, aber ich will doch sicher gehen. — Herr Eugen —

Eugen. Sie wünschen?

Franz. Ich hätte eine kleine Frage an Sie — nur um meine Kenntnisse zu erweitern — rein theoretisch.

Eugen. Herrje! Sie machen mich stolz.

Franz. Sie haben jedenfalls mehr Erfahrung darin — im Umgang mit Anderen — mit Damen.

Eugen. Ei, ei, Herr Fellner, darüber wollen Sie Be=
lehrung?

Franz (verlegen). Nur theoretisch. Da hat Jemand die
Behauptung aufgestellt — (sieht Eugen immer unsicher fragend an
und stößt die einzelnen Sätze ängstlich lächelnd heraus) ein Mann
könne ein Mädchen nur gewinnen, wenn er z. B. — vor ihr
auf die Kniee fällt — ihr ewige Liebe schwört, und — so lange
liegen bleibt, bis sie ihn erhört.

Eugen (lacht auf). Hahaha! Ach nee!

Franz. Sie lachen? — Nicht wahr, das hat seine
Schwierigkeiten?

Eugen. Ja — heutzutage gewiß. So mögen wohl
unsere Großväter geworben haben. Damit werden Sie heute
kein Glück haben.

Franz (freudig). Wirklich!? So ist das Alles gar nicht
nothwendig.

Eugen. J wo.

Franz. Man — man braucht gar nicht so viele Um=
stände zu machen.

Eugen. Unsinn!

Franz (erleichtert aufathmend). Das ist mir auch viel lieber.

Eugen. Ein moderner Mensch, wie ich und Sie, darf
gar nicht merken lassen, daß ihm an seinem Mädchen was ge=
legen. Sie muß kommen.

Franz. So! — Hm! — Wenn sie nun aber nicht
kommt?

Eugen. Ich garantire Ihnen — sie kommt. Sie dürfen
freilich nicht aus der Rolle fallen. Immer den Gleichgültigen
spielen. Nehmen wir zum Beispiel an, die junge Dame sei hübsch.

Franz (sich vergessend). Sie ist reizend, entzückend! (Sich
verbessernd.) Eh — natürlich nur theoretisch.

Eugen. Gut. Also entzückend. Das dürfen Sie aber
gar nicht bemerken. Im Gegentheil. Je schöner sie ist, desto
mehr sprechen Sie von einer Anderen. Sie hat jedenfalls
eine gute Freundin, die sie nicht leiden kann. Von der
sprechen Sie.

Franz. Das dürfte sie aber verletzen.

Eugen. Um so besser. Spricht sie dann von ihren
Nerven oder gar von ihren Talenten, dann hören Sie nur
zerstreut zu und fangen nach einer Weile discret zu gähnen an.

Als Manuscript gedruckt.

Franz. Das wäre doch ein bischen unhöflich.

Eugen. Man kann sogar sagen grob. Aber das thut nichts — es wirkt.

Franz. Wenn sie aber nun entrüstet ist.

Eugen. Das ist's ja gerade! Sie wird vielleicht sogar toben — rasen! Aber das ist nur der elementare Ausdruck der erwachenden Liebe. Jetzt haben Sie gewonnenes Spiel.

Franz. Jetzt erkläre ich mich.

Eugen. Nein — jetzt erklärt sie sich. Sie müssen eben nur Geduld haben.

Franz. Hm! Die Sache kommt mir doch etwas bedenklich vor.

Eugen. Herrje -- Sind Sie aber schwerfällig!

Franz. Na, ich will doch lieber noch Jemand anders fragen. Ich möchte meiner Sache ganz sicher sein — ehe ich selbst — eh— ehe ich meinem Freunde — Sie wissen ja, ich betrachte die Sache nur

Eugen. Nur theoretisch. Ich verstehe.

Franz. Jedenfalls bin ich Ihnen sehr dankbar, Herr Eugen. — Nun hab' ich aber wirklich Eile. (Empfiehlt sich und geht Mitte rechts ab.)

Eugen. Er wird doch nicht etwa selbst probiren wollen. (Achselzuckend.) Nu! (Sich umsehend.) Gefrühstückt wird wohl heute gar nicht — wäre mir auch lieber — nach so einer Nacht — (sich reckend) na, dafür ist man eben ein moderner Mensch. (Mitte rechts ab.)

9. Scene.

Peter. (Dann) **Johann, Alma.** (Gleich darauf) **Gertrud, Eva, Clementine.**

Peter (von Mitte links). Alles in schönster Ordnung. Jetzt wird's aber Zeit. (Geht nach Seite rechts II und ruft hinaus.) Ist der Kaffee fertig? — Schön! (Geht nach rechts I, öffnet und ruft hinein.) Lieber Bruder — verehrte Frau Schwägerin — darf ich bitten!

Johannes (in altmodischem Frack, hoher, einreihiger weißer Weste; mit angenommener Würde). Guten Morgen, lieber Bruder.

Peter (ihm herzlich die Hand drückend und ihn an sich ziehend, schlicht und einfach). Nun, Hans, gut bekommen gestern Abend?

Johannes. O, ich danke, ganz gut.

Peter (Alma, die hinter Johannes aufgetreten, die Hand reichend.) Und Ihnen, Frau Schwägerin? Wie haben Sie die erste Nacht unter meinem bescheidenen Dache verbracht?

Alma (in einem verblaßten, neu aufgerichteten Seidenkleide; sehr süß). O, lieber Herr Schwager, Sie haben ja so liebevoll für Alles gesorgt.

Johannes. Ja, wir haben ganz gut geschlafen — freilich nicht so wie zu Hause, im eigenen Bett.

Peter. Das wird schon noch gemüthlicher bei uns werden, wenn erst — na, ich will nicht aus der Schule plaudern.

Gertrud (von rechts II mit einem Kaffeebrett, worauf Kaffee, Sahne ꝛc.; stellt Alles auf den mittleren Tisch).

Peter. Aber nun zum Frühstück — es ist heut etwas spät geworden.

Gertrud (zu Alma, knixend). Ich bin nicht schuld daran, Frau Steuerraths— Conto - Contoleurin. (Zu Johannes, ebenfalls mit einem Knix.) Wohl bekomm's, Herr Steuerrathsconto—Contoloreur!

Peter (zu Gertrud). Laß doch die Faxen!

Gertrud. Alles, was sich gehört, Herr Heinefetter. (Ab rechts II.)

Alma. Eine recht liebe Frau, die Frau Gertrud.

Johannes. Ja, eine recht liebe Frau.

Peter. Eine gute alte Person, aber Komplimente machen, das hat sie bei uns nicht gelernt. (Alma zum Kaffeetisch führend.) Wenn ich bitten darf — an den Platz der Hausfrau — der leider schon so lange verwaist ist.

Alma (geziert ablehnend). Lieber Herr Schwager — es ist doch der Hausherr —

Peter. Nein, nein! Wo 'ne Frau im Hause ist, da führt die das Regiment.

Alma. Hörst Du, Hänschen?

Johannes (gedehnt). Ja, das kenn' ich.

Peter (Johannes den Platz neben Alma anweisend). Lieber Bruder — (zu Clementine, die eben mit Eva von Seite rechts II eingetreten) ah, da ist ja auch Clementine.

Clementine. Guten Morgen, Herr Onkel.

Peter (giebt ihr die Hand und weist ihr den Platz neben sich an).

Eva (Johannes und Alma nach einander die Hand reichend). Lieber Onkel — gute Tante —

Als Manuscript gedruckt.

Peter (zu Clementine). Nun? Schon in der Wirthschaft mitgeholfen. Das ist hübsch. So ein gutes Beispiel kann Eva brauchen. Die steckt ihre Nase ohnedies lieber in Romane und Theaterstücke.

Clementine. O, Evchen versteht mehr als ich von der Küche.

Eva. Da hörst Du's Vater! — Sieh nur den schönen Napfkuchen, da hab' ich auch mitgerührt.

Alma. Das liebe Kind! (Sie hat bereits eingeschenkt und versieht während des Folgenden das Geschäft der Hausfrau.)

Peter. Aber nun sag' mal, Hans, wie gefällt's Euch bei uns?

Johannes (seinen Kaffee schlürfend — trocken). Es ist fast so schön wie bei uns daheim, nur —

Alma (einfallend). Nur, daß uns dort die lieben, guten Verwandten fehlten, bei denen wir uns so wohl aufgehoben fühlen.

Peter. Das soll's auch. Euch ein neues Heim zu gründen, deshalb ließ ich Euch ja aus dem langweiligen Detmold nach Berlin kommen.

Johannes. Na, weißt Du, Peter, Detmold ist eine sehr nette Stadt — wir haben jetzt sogar eine Pferdebahn —

Alma. Man kann aber auch Droschke fahren —

Johannes (ganz ernsthaft). Du mußt sie Dir nur Tags zuvor bestellen. Ueberhaupt unsere Residenz —

Peter. Nun, Berlin ist auch nicht übel.

Alma. Etwas sehr geräuschvoll find' ich.

Peter. Ja, so still wie in Detmold ist es allerdings nicht.

Johannes. Aber ich habe dort eine sehr geachtete Stellung eingenommen. Ein fürstlich Lippe'scher Steueramts-Controlleur, der stellt dort was vor.

Alma. Sie haben meinen Mann sogar zum Ehrenmitglied gemacht.

Clementine. Im Veteranenverein.

Eva (wichtig). Ja, Papa, da fängt man erst zu leben an.

Peter. An Vereinen fehlt's auch hier nicht. Aber mir ist die Familie immer noch der liebste Verein.

Alma. Wenn man eine heirathsfähige Tochter hat, dann will man doch Gelegenheit geben —

Clementine (verschämt thuend). Aber Mama!

Alma. Es ist doch so!

Peter. Hat denn schon Einer von den Veteranen angebissen?

Clementine (wie oben). Aber Onkel!

Peter. Na laß nur. Wir werden auch ohne Vereinshilfe unter die Haube kommen. Nicht wahr, Evchen, das machen wir hier in der Familie ab.

Eva (will nicht verstehen). Wie meinst Du, Papa?

Peter. Stell' Dich doch nicht so. (Zu Alma.) Wir leben hier durchaus nicht einsam. Da ist doch der Franz, der Fellner, ein junger Freund von mir —

Alma. Ja, ein hübscher, junger Mann, er hat uns sehr gefallen.

Peter. Dann der Vetter Eugen — ja wo steckt denn der Tausendsassa?

Alma. Scheint auch ein recht gewandter Mensch, was ist er denn?

Peter. Er soll erst was werden, ein tüchtiger Kaufmann —

Alma. So, so.

Peter. Und dann kommen noch — (schlägt sich auf den Mund) na, es wird lebendig genug werden, daß wir die Vereine entbehren können.

Johannes. Die Tochter eines fürstlich Lippe'schen Steueramts-Controlleurs —

Peter. A. D.!

Alma. Die kann sich überall sehen lassen. Sie wissen doch, lieber Schwager, Seine Durchlaucht hat meinem Manne in der Abschiedsaudienz eigenhändig das Verdienstkreuz vom fürstlich Lippe'schen Hausorden überreicht.

Johannes (auf das Bändchen in seinem Frack zeigend). Ja, ich komme nicht so leer —

Peter. Hm! Ja, Du hast was im Knopfloch — na, 's ist doch was. Da muß ich gewissermaßen Respekt vor Dir haben.

Johannes. O, ich bin nicht stolz auf meine Verdienste.

Peter. Aber jetzt seh' ich erst, Du bist im Frack!

Johannes. Nur Dir zu Ehren.

Peter. Höre, Bruder, ein für allemal, Du bist hier zu Hause und nicht beim regierenden Fürsten, der Dir Verdienstkreuze in's Knopfloch steckt, also ohne Gêne, ich weiß, Du machst es Dir gern bequem.

Als Manuscript gedruckt.

Alma (zu Johannes). Ich sagte Dir gleich, vor dem guten Bruder brauchst Du Dich nicht zu geniren.

Johannes. Du sagtest —?

Alma (sieht ihn scharf an).

Johannes (zu Peter). Wenn Du, erlaubst —?

Peter. Ach was, erlauben. Thu' doch nicht immer so fremd.

Johannes. Ja, wenn man bald vierzig Jahre von einander getrennt war —

Peter. So lange ist das. Mir ist es wie gestern.

Alma. Und bald ebenso lange im Staatsdienst —

Peter. Freilich, das macht ein bischen steif. Da lob' ich mir so ein Handwerkerdasein. 's ist oft mühsam genug. Aber man bleibt frisch und beweglich an Leib und Seele.

Johannes. Freilich, so ein Glückspeter wie Du!

Peter. Na, der Glückspeter hat auch ein ehrlich Stück Arbeit hinter sich.

Alma. Ihre Arbeit war aber auch gesegnet, lieber Schwager.

Peter. Gott sei Dank! Und den Segen wollen wir nun auch zusammen genießen.

Alma (stößt Johannes an, der gerade seine Tasse zum Munde führen wollte).

Peter. Ihr werdet heute noch Augen machen, wenn erst die Ueberraschung kommt, die ich Euch bereitet habe.

Clementine. Alma. Johannes. Eine Ueberraschung?

Peter. Ja. (Zu Eva, die Clementine Zeichen macht.) Daß Du nicht plauderst.

Eva. Aber Papa!

Peter. Nein — darauf kommt Ihr nicht. Aber hübsch soll's werden und zu Aller Zufriedenheit.

Alma (Peter's Hand drückend). Lieber guter Schwager!

Peter. Aber mitmachen müßt Ihr — das heißt, mit den Herzen müßt Ihr dabei sein.

Johannes (herzlich). Wir sind Dir ja so dankbar.

Peter. Ach was — dankbar. Das ist ja der reine Egoismus von mir.

10. Scene.

Vorige. Eugen.

Eugen (durch die Mitte rechts). Guten Morgen, allerseits.

Peter. Endlich ausgeschlafen.

Eugen. Herrjeh, lieber Onkel, ich bin schon lange auf, ich hab Euch auch schon gesucht, aber —.

Peter. Na, geht's vorwärts mit der doppelten Buchhaltung?

Eugen. Ja, ich war schon sehr fleißig. Ich konnte die Nacht kaum schlafen, so nimmt mich die — die doppelte Buchhaltung in Anspruch.

Eva (zu Clementine, die schon früher zu Eva hinübergegangen und sich mit ihr an den Kamin gesetzt hat). Kann der lügen!

Peter (zu Alma). Haben Sie noch was für den Nachzügler.

Eugen (zu Alma, die ihm einschenken will). Danke bestens, liebe Frau Tante — aber ich bin so — (an den Kopf greifend) nur ein Glas Wasser, wenn Sie erlauben. (Geht nach dem Tischchen am Kamin, wo die Wasserkaraffe mit Gläsern steht, schenkt sich ein.)

Peter. Du mußt's auch nicht übertreiben, Eugen, mit der doppelten Buchhaltung!

Eva (zu Eugen, leise). Das ist aber nicht hübsch, daß Du so lügst.

Eugen (ebenso). Aber Evchen, so eine kleine Nothlüge —

Peter (zu Johannes, der seine Frau schon wiederholt angestoßen). Was hast Du denn, Hans, — Du ruckst und druckst ja auf dem Stuhl herum — fehlt Dir was?

Alma (steht auf). Ich glaube, er wollte mit Dir was allein besprechen.

Peter (aufstehend). Dann komm doch.

Johannes. O, das hat keine Eile!

Alma. Johann!

Johannes (mißt unruhig das Zimmer von vorn nach hinten).

Eva (die Gelegenheit erfassend, springt auf). Da wollen wir nicht stören, Väterchen. Komm, Clementine. (Zu Eugen, leise.) Hast Du den Egmont bei Dir?

Eugen (auf die Brusttasche klopfend). Nie ohne Waffen!

Clementine (im Abgehen, zu Eva). Kommt denn Herr Fellner nicht wieder.

Eva. O, der bleibt nicht aus. (Mit Clementine und Eugen Seite links ab.)

Peter. Also, Bruder, was hast Du auf dem Herzen?

Alma. Nun, Hänschen, sprich nur — ich laß Euch schon allein.

Als Manuscript gedruckt.

Peter. Handelt sich's denn um Geheimnisse?

Alma. Mein guter Hans ist so verschlossen — ich erfahre die wichtigsten Dinge immer zuletzt. (Zu Johannes, der widersprechen will.) Nun ja, ich gehe ja schon — nun sprich aber auch, Johann. (Geht Seite rechts I .ab.)

11. Scene.

Peter. Johannes.

Peter. Also, was ist's denn nun?

Johannes (auf die Uhr sehend). Meine Bureaustunde ist längst vorüber — und da läßt es mir keine Ruhe — ich muß an die Arbeit.

Peter (lächelnd). Du hast doch keine Bureaustunden mehr!

Johannes. Amtlich nicht mehr — aber privatim zu meiner Erholung.

Peter. Zu Deiner Erholung?

Johannes. Ja — ich habe das mit einem jüngeren Collegen so ausgemacht — der schickt mir alte Akten zum Aufarbeiten.

Peter. Ich dachte, Du wärst froh, den Aktenstaub endlich abschütteln zu können.

Johannes. Ja, weißt Du — die Gewohnheit — man kommt sich so überflüssig vor.

Peter. Höre, Hans, das sind ja komische Marotten. Es war Zeit, daß ich Dich in die Kur bekommen habe.

Johannes. Marotten? — Akten! Akten haben doch etwas Ehrwürdiges.

Peter. Ich hab' mir unser Zusammenleben anders gedacht. In der schönen freien Gottesnatur — da wollen wir unsere Erholung suchen. Das wird schon noch kommen, wenn ich erst — (schlägt sich wieder auf den Mund). Also, was wolltest Du mir vertrauen?

Johannes (sieht ängstlich nach der Thür, wo Alma abgegangen). Ja — ich habe mir schon ein Concept dazu gemacht.

Peter. Concept?

Johannes. Alma meint zwar — aber ich bin gewohnt, — Alles (mit entsprechender Geberde) ordnungsmäßig schriftlich zu erledigen.

Peter. Du willst doch nicht mit mir von Thür zu Thür schriftlich verkehren.

Johannes. Das thun wir im Amt auch.

Peter. Du bist ja aber hier nicht im Steueramt, sondern bei Deinem Bruder.

Johannes (sieht wieder ängstlich nach der Thür). Aber — ich — ich schreib Dir's lieber.

Peter (lachend). Das muß ja was Unaussprechliches sein!

Johannes. Ja — 's ist viel. Das heißt ordnungsmäßig schriftlich — da sieht's gar nicht so viel aus. Mußt aber meiner Frau nichts sagen.

Peter. Bewahre! Würde mir ohnedies schwer werden — denn ich weiß ja selbst nichts.

12. Scene.

Vorige. Gertrud. (Dann) **Justus.** (Zuletzt) **Eva, Clementine, Eugen.**

Gertrud (kommt durch die Mitte rechts gestürzt, in der Küchenschürze, athemlos). Herr Heinefetter! Herr Heinefetter! (Sieht Johannes, hält an sich und sagt Peter ins Ohr.) Die Toni! Sie sind da!

Peter. Schon? Pst!

Gertrud (wie oben). Ja, die Toni — und die kleine Susi — ach, so lieb!

Johannes (ängstlich). Ist was passirt?

Peter. Nein — nur —

Justus (von Mitte rechts mit Gepäck, herausplatzend). Die sind nun auch da!

Johannes. Wer denn?

Peter (drängt Johannes zur Thür rechts). Niemand! Der Weihnachtsmann ist gekommen. Geh' nur hinein!

Johannes. Ist denn heute Bescheerung?

Peter. Ja, für die großen Kinder! Aber nicht horchen. (Johannes ab.)

Gertrud (drängend). Aber Herr Heinefetter!

Peter. Ich komme ja schon. (Im Abgehen zu Justus.) Was stehst Du denn noch da? Dort hinein! (Auf Mitte links zeigend, dann Mitte rechts ab.)

Justus. Ja, ja! (Im Abgehen.) Jesses, diese Aufregung im Haus. (Mitte links ab.)

Gertrud (die unruhig hin- und hergegangen, dann nach der Mitte gelauscht hat, ganz aufgelöst, eilt nach Seite links). Evchen, Evchen! Schnell!

Als Manuscript gedruckt.

Eva (erscheint in der Thür, ärgerlich). Warum störst Du uns denn?

Gertrud. Sie sind da! Komm nur!

Eva (freudig). Die Tante Toni? — Das ist aber schön! (Mit Gertrud Mitte rechts ab.)

Clementine (von Seite links, hinter ihr Eugen). Wo läuft denn die Eva hin?

Eugen. Aha — ich kann mir's schon denken — die Ueberraschung!

Clementine. Was geht denn eigentlich vor?

Eugen. Das darf ich noch nicht verrathen. (Deutet höflich nach rechts.) Also bitte, Fräulein Clementine.

Clementine (pikirt). Das ist aber doch höchst sonderbar! (Ab Seite rechts I.)

Eugen. Aber sehr günstig. In dem Trubel wird unsereiner nicht so leicht vermißt. Ich drücke mich vorläufig. (Mitte rechts ab.)

13. Scene.

Peter. Schallinger. Toni. (Zum Schluß) **Susdjen** (und) **Eva.**

Schallinger (ein Mann Anfang der Vierziger, etwas manierirt modisch gekleidet, spricht sogenanntes Wiener Hochdeutsch. Renommirend — mit Peter und Toni von Mitte links). Ja, lieber Schwager, da sind wir. Außerordentlich erfreut.

Peter. Gott sei Dank, daß ich Euch endlich hab'.

Toni (eine Frau von einigen dreißig Jahren, gut conservirt, in eleganter Reisetoilette, mit Anklang an den Wiener Dialekt, innig). Lieber guter Bruder!

Peter. Gefällt's Euch, wie ich Euch einquartirt hab'.

Toni. Ach, es ist ja Alles gut, da ich nur wieder bei Dir bin.

Schallinger. Außerordentlich nett Alles — freilich nicht so wie bei uns in Wien — aber sonst —

Peter. Das ist ja auch nur provisorisch —

Schallinger. Das hab' ich der Toni gleich gesagt!

Peter. Vorläufig freu' ich mich, daß Ihr gekommen seid.

Schallinger. Es ist uns nicht leicht geworden, unsere ausgebreiteten Verbindungen in Wien so rasch zu lösen — aber die Toni, die war nicht mehr zu halten.

Peter (zu Toni). Das ist schön von Dir!

Toni. Wir haben uns doch seit meiner Verheirathung nicht gesehen.

Peter. Nun wollen wir uns auch so schnell nicht wieder trennen.

Schallinger. Weißt Du, lieber Schwager, ich war eben im Begriff, an die Spitze eines großartigen Unternehmens zu treten. Wir wollten eine Ozon=Fabrik gründen zur Erzeugung von künstlicher Gebirgsluft. Ein steinreicher Mann hätt' ich werden müssen. Und mit so einer Bagatell' von zwei= bis dreimalhunderttausend Gulden wär' das zu machen gewesen.

Peter. Verfügst Du denn über solche Kapitalien?

Schallinger. Ich!? — Da wär's doch keine Kunst, da könnt's doch Jeder machen.

Peter. Tröste Dich — ich hab' auch großartige Pläne.

Schallinger. Na, ich kaprizir' mich nicht grad auf die Ozon=Fabrik — es kann auch was anders sein — aber nur kein Kramladen.

Toni. Sei doch still, Pepi. (Zu Peter.) Mein Mann muß immer Projekte machen.

Schallinger. Wir sind halt in Wien nicht so engherzig. Es muß Alles sein Schaug haben. Geld ist Nebensach — dazu sind die Andern da.

Peter. Das wird sich ja Alles finden. Aber jetzt wollen wir uns freuen, daß wir uns haben. (Mit Beziehung.) Und es sind noch Andere da, die sich mitfreuen wollen.

Schallinger. Ja richtig, daß ich das nicht vergeß'. Da ist da unser alter Hausfreund — das heißt, wenn ich alt sag', bezieht sich das nur auf die Freundschaft — der Herr von Reisenstein — ein charmanter Mensch — fesch — na, es is halt auch ein Wiener — der hat sich's nicht nehmen lassen, er hat durchaus mitmüssen — Berlin kennen zu lernen und den lieben Bruder meiner Toni — Du nimmst's doch nicht übel, wenn er kommt?

Peter. Er wird mir sehr angenehm sein.

Schallinger. Er ist nur in's Hotel gegangen — wird Dir aber gleich seine Aufwartung machen.

Peter. Gleich!?

Schallinger. Ja, er denkt halt als Hausfreund — und weißt, Schwager (vertraulich) wir sind ihm sehr verpflichtet — außerordentlich verpflichtet — Du weißt ja, Toni.

Als Manuscript gedruckt.

Toni (verlegen). Aber Pepi, Du hätt'st ihm doch sagen können —

Peter. Na, wenn's mal so ist — aber erst will ich Euch meine Hausfreunde vorstellen — da werdet Ihr Augen machen.

Toni. Deine Hausfreunde?

Peter. Den Vetter Eugen kennt Ihr ja schon und der Herr Fellner, mein junger Freund —

Schallinger. Ah, der freundliche junge Mann, der uns auf dem Bahnhof in Empfang genommen hat — ein sehr ein netter Mensch, aber — weißt — ein Bissel langweilig …

Toni. Wir waren ganz erschrocken, wir dachten schon, Du wärst krank.

Schallinger. Ich wollt' schon wieder retourfahren — denn wenn man von Wien kommt — und Du bist nicht 'mal am Bahnhof —

Peter. Die — die Hausfreunde sollten ja nichts merken, sonst hätt' ich mir's gewiß nicht nehmen lassen — aber nun los! Wo sind denn die Kinder?

Toni. Die haben sich schon befreundet!

Peter (zu den eben Eintretenden). Na, komm doch, Susi —

Suschen (ein Backfisch, noch in halblangem Kleide, mit unverfälschtem Wiener Dialekt, kommt zu Peter, der sie an sich zieht und küßt). Da bin i' schon, lieber Onkel.

Peter. Gelt, Eva, das ist was für Dich!

Schallinger. Hat denn die Evi schon bekommen, was wir ihr mitgebracht haben.

Eva. Jawohl! Sieh nur, Papa, das schöne Kreuzchen — und ganz von Gold.

Schallinger. Ja, anders haben wir's nicht in Wien!

Eva. Ich danke auch vielmals.

Schallinger. Und für Dich, lieber Schwager, hab' ich was Besonders mitgebracht. Eine Kiste österreichische Spezialitäten. Das Außerordentlichste der k. k. Tabaksregie.

Peter (lächelnd). Darauf wär' ich nicht gekommen.

Schallinger. Ich hab halt dacht, so was kriegt Ihr hier nicht alle Tag zu rauchen.

Peter. Na, jedenfalls bin ich Dir sehr dankbar. (Wichtig.) Aber nun paßt mal auf. (Geht nach Seite rechts.) Nun kommt meine Ueberraschung.

Schallinger (zu Toni). Alles ein bischen hausbacken bei Deinem Bruder.

Toni (zu Schallinger). Schäm Dich doch, Pepi.

14. Scene.

Vorige. Johannes. Alma. Clementine.

Peter (an der Thüre rechts I). Kommt nur heraus, die Bescheerung ist fertig.

Johannes, Alma und Clementine (treten von rechts auf).

Johannes. Was denn für 'ne Bescheerung?

Toni (ihren Bruder erkennend). Das — das ist ja der Hans, nicht wahr?

Johannes (mit aufrichtiger Freude). Toni! (Herzliche Umarmung.)

Toni (auf Alma und Clementine zugehend). Und die Frau Schwägerin und Cousine Clementine!

Alma (umarmt Toni, übertrieben freundlich). Nein, die Ueberraschung! Liebe Frau Schwägerin.

Clementine (ebenso). Liebste Frau Tante!

Schallinger (bei Seite). Jesses, die ganze fürstlich-lippe'sche Familie!

Toni (auf Schallinger weisend). Und mein Mann —

Schallinger. Außerordentlich erfreut!

Johannes. Herr Schwager —

Alma. Endlich lernt man Sie auch mal kennen.

Schallinger. Sie erlauben — (umarmt und küßt Alma, dann Johannes).

Toni (Susi an der Hand nehmend). Und meine Einzige, die Susi.

Suschen (knixt, erst Alma, dann Johannes die Hand küssend). Küss' die Hand, Frau Tant' — küss' die Hand, Herr Onkel.

Alma. Das süße Kind!

Susi (zu Peter). Der Herr von Reifenstein ist auch mitgekommen, lieber Onkel.

Peter. Euer Hausfreund — hab' schon gehört.

Alma (auf Clementine deutend, zu Schallinger, der sich nicht um sie gekümmert hat). Uebrigens, meine Einzige, die Clementine, ist auch da, Herr Schwager.

Schallinger (geht rasch auf Clementine zu). Außerordentlich erfreut!

Als Manuscript gedruckt.

Alma (zu Johannes). Die ganze Wiener Sippschaft hier!?

Eva (ist mit Suschen zu Clementine gegangen, die Suschen mit affektirter Freundlichkeit herzt und küßt).

Peter (der in der Mitte von beiden Familien steht und sie mit sichtlicher Freude betrachtet). Nicht wahr, das habt Ihr nicht erwartet? So ist denn endlich mein Herzenswunsch erfüllt die ganze Familie Heinefetter so einig und glücklich um mich zu sehen.

Johannes (kopfschüttelnd). Und das Alles ohne ordnungsmäßig schriftliche Anzeige!?

(Der Vorhang fällt.)

Zweiter Akt.

Dieselbe Dekoration — nur der Kaffeetisch ist abgeräumt.

1. Scene.

Schallinger. Toni.

Schallinger (kommt zum Ausgehen bereit von Mitte links — hinter ihm Toni).

Toni. Aber so laß das doch jetzt, Pepi!

Schallinger. Dann geh' ich eben allein, wenn Du durchaus nicht mitkommen willst.

Toni. Mein Bruder hat doch was vor mit uns, er will uns doch auch haben.

Schallinger. Das ist ja ganz schön. Aber wir können doch deswegen nicht den ganzen Tag zu Haus sitzen. Wir haben ja auch mit dem Herrn von Reifenstein verabredet heut' Abend zu den Wiener Volkssängerinnen zu gehen.

Toni. Wir sind aber doch nicht wegen dem Herrn von Reifenstein, sondern wegen meinem Bruder hier.

Schallinger. Ja, meinst denn, wir sollen alle Abend in der Familie hocken und vielleicht mit der Schwägerin Alma und ihrer Clementine Pfänder spielen?

Toni. Du bist recht rücksichtslos.

Schallinger. Was heißt denn rücksichtslos! Ich freu' mich ja außerordentlich, daß Dein Bruder ein solches Interesse hat für uns und meine grandiosen Projekte. Es wird ja auch sein Schade nicht sein. Aber daß er uns da mit der langweiligen Detmolder Verwandtschaft traktiren will —

Toni (vorwurfsvoll). Es ist mein Bruder, den ich seit meiner Jugend nicht gesehen hab'.

Schallinger. Na ja — das ist ja — aber die Langweiligkeit ist doch eklatant.

Toni. Sie ist mir immer noch lieber als die Zudringlichkeiten des Herrn von Reifenstein.

Schallinger. Toni, Du weißt doch wie wir ihm verpflichtet sind. Das wird aber jetzt alles anders, wenn Du erst Deinem Bruder die Situation auseinandergesetzt hast.

Toni. Du bringst mich aus einer Verlegenheit in die andere.

Schallinger. Wir müssen das mit dem Reifenstein ordnen. Er hat uns damals uneigennützig ausgeholfen und es geht ihm jetzt selber ein bissel knapp. Du weißt — er ist halt noch abhängig von seiner alten Frau Tant' — und so eine alte Tant' ist manchmal unberechenbar.

Toni. Du baust eben wieder auf mich — was ich dabei für eine Rolle spiel', das ist Dir gleichgiltig.

Schallinger. Aber ich bitt' Dich, Toni, sei gescheidt. Dein Bruder muß uns doch rangiren. Ich werd' ihn ja auf der andern Seite glänzend entschädigen. Nur nicht verpflichtet sein, das könnt' ich nicht vertragen.

Toni. Ich glaub' immer, Du wirst's lernen müssen.

Schallinger. Du machst gerad' als ob ich der Niemand wär'! Meine Kenntnisse und meine Fähigkeiten, die berechtigen mich doch —

Toni. Du bist ein ganz guter Mann, aber Du baust gern Luftschlösser.

Schallinger. Luftschlösser!? Da muß ich bitten. Meine Unternehmungen waren doch Alle außerordentlich solid' fundirt. Schau Dir nur einmal so einen Prospekt an, nie unter ein

Als Manuscript gedruckt.

paar Millionen Aktienkapital, aber wenn die Abnehmer ausbleiben, da hört halt Alles auf!

Toni. Das versteh' ich freilich nicht, aber die Folgen hab' ich leider spüren müssen.

Schallinger. Na, sei nur ruhig, Toni, das ist jetzt vorüber. Ich denk' ja nur daran, Euch eine glänzende Zukunft zu bereiten. Mit der Susi, da hab' ich auch schon meine Projekte.

Toni. Wenn's nur nicht wie mit all' Deinen Projekten geht.

Schallinger. Das wird doch kein Kunststück sein, für die Susi eine reiche Partie zu finden. Ich glaub' sogar der Reifenstein möcht' zugreifen.

Toni. Du wirst doch nicht daran denken?

Schallinger. Na, ich mein ja nur -- so lang die alte Tant' lebt, kann er ja gar nicht in Betracht kommen. Aber was sagst Du zum Beispiel zum Herrn Fellner? Das wär' was! Jung, hübsch, solid' — reich!

Toni. Der ist ja mit der Eva so gut als verlobt.

Schallinger. Die macht sich doch nichts aus ihm.

Toni. Aber mein Bruder —

Schallinger. Was will er denn machen, wenn der Fellner die Susi durchaus haben will?

Toni. Ja, will er sie denn?

Schallinger. Das wird die Susi doch fertig kriegen. Und dann bin ja ich noch da.

Toni. Ich denk' doch, so was muß sich von selbst geben.

Schallinger. Bei so einem Kind muß man doch nachhelfen. Da könnt' sogar die Frau Schwägerin Alma den Zweck ihres Daseins erfüllen — die hat so was Lösendes und Bindendes.

Toni. Dazu wär' doch die Mutter zunächst berufen.

Schallinger. Das versteht sich, wenn's einmal so weit ist — aber zum Anbandeln ist so eine Schwägerin viel geeigneter. Jetzt mach' aber keine Sachen und komm' mit. Wir gehen ja nur in 'n Kaiser-Bazar.

Toni. Das hat Zeit, wir haben erst an Anderes zu denken.

Schallinger. Aber ich bitt' Dich, Du mußt doch einen neuen Hut und einen Theatermantel haben — und die Susi muß wenigstens ein paar lange Kleider kriegen, wenn sie an's Heirathen denkt. Komm nur —

Toni. Nein, nein — ich müßt mich ja vor meinem Bruder schämen.

Schallinger. Dann geh' ich allein. Das laß ich mir nicht nehmen. Meine Familie, die soll was vorstellen!

2. Scene.
Vorige. Susi.

Susi (kommt ausgelassen lachend von Seite links, sie hat in der einen Hand ein Taschentuch, in der andern eine Serviette, beide Tücher haben an einem Zipfel einen Knoten mit einem Ohr. Die Knoten hat sie auf den Zeigefinger der beiden Hände aufgesetzt, wie Kinder thun, wenn sie Kasperle spielen). Hahaha!

Toni. Was hast Du denn?

Susi. Das ist zu komisch, wenn die Eva so deklamirt.

Schallinger. Die deklamiren wieder zusammen?

Susi. Und der Cousin Eugen, der ist als Egmont zum Todtlachen — gerad wie der Girardi — hahaha!

Toni. Aber Susi, der Egmont ist doch ein Trauerspiel.

Susi. Das hab' ich auch immer glaubt — aber schau, gerad wie im Wurstelprater haben sie gemacht. (Geht hinter den Stuhl, der am Tisch vor dem Kamin steht und dreht ihn gegen Toni und Schallinger). Da hab' ich dann auch Egmont gespielt. (Hebt die Hand mit dem Taschentuch über die Lehne.) Das ist das Clärchen! (Hebt die andere Hand recht hoch.) Und das der Egmont! (Ruft.) Clärchen! — Egmont! (Markirt mit den Händen, wie Clärchen und Egmont sich in die Arme stürzen.) Hahaha! Und draußen war ich!

Toni. Du wirst Dich mit Deinen Kindereien noch recht verhaßt machen.

Susi. Es ist ja wahr! Da reden Sie immer über den Herrn von Reifenstein, der ist mir doch am kleinen Finger lieber, als der ganze gespreizte Herr Eugen mit seinem (den Berliner Dialekt nachahmend) Herrjott — und Ach nee!

Schallinger. Susi, Du mußt Dir ein gesetzteres Benehmen angewöhnen, Du kriegst auch jetzt lange Kleider.

Susi. O, Papa, ich kann sehr gesetzt sein. (Legt die Serviette mit dem Knoten über die Stuhllehne, löst aus ihrem Taschentuch den Knoten und steckt es ein.) Frag' nur den Herrn Fellner. Mit dem hab' ich schon ein sehr ernstes Gespräch gehabt.

Als Manuscript gedruckt.

Schallinger. Mit dem Herrn Fellner? — Hörst, Du's Toni!?

Toni. Wie kommst Du denn darauf?

Susi. .Er hat mich allerhand gefragt, über den Umgang mit Damen — und wie er's machen sollt' — so recht hab' ich's nicht begriffen — aber er hat mir zum Schluß die Hand drückt und gesagt, ich wäre sehr verständig.

Schallinger. Schau, schau! Na, Du wirst Dich schon entwickeln. Davor ist mir nicht bang!

Toni. Ich will doch diese Entwicklung selbst ein wenig überwachen.

Schallinger. Du machst gerad' als ob ich nichts davon verständ'.

Susi (altklug). O, Mama — Papa und ich, wir sind schon sehr verständig. (Herzlich sich an Toni schmiegend.) Aber freilich, die Klügste bist Du.

Schallinger. Na ja, wenn's gegen die Männer geht, da sind sogar schon die Babis dabei! Aber jetzt fort! (Wendet sich nach der Mitte.)

3. Scene.

Vorige. Peter.

Peter (von Mitte rechts). Nun, Herr Schwager, Sie wollen doch nicht ausreißen?

Schallinger. Nur ein außerordentlich wichtiges Geschäft. Ich bin gleich wieder hier.

Peter. Das will ich hoffen, denn heut' ist noch große Familien-Conferenz.

Schallinger (gedehnt). Schon wieder?

Peter. Wir haben ja das Nothwendigste noch garnicht besprochen.

Schallinger. Das Nothwendigste? — Natürlich! Ich hab' grad mit der Toni eine Auseinandersetzung darüber gehabt.

Toni. Jetzt geh' nur, Pepi, red' nicht so viel.

Schallinger. Na ja! (Zu Peter.) Plausch nit, Pepi — das ist so ihre Redensart, wenn ich gründlich werd'. Ich bin schon fort. (Mitte rechts ab.)

Peter. Bis nachher!

Susi. Mama, ich geh' derweil zu Mutter Gertrud.

Peter. So bleib doch, Susi.

Susi. Das schickt sich doch nicht, wenn Mama Be=
such hat.

Peter. Ei, der Tausend!

Susi. Wenn z. B. der Herr von Reifenstein kommt, da
muß ich auch immer hinaus.

Toni (verlegen). Schon gut, geh nur.

Susi. Also — küß die Hand, Herr Onkel. Wir können
uns ja nachher unterhalten. Ich freu' mich derweil drauf.
(Geht Seite rechts II ab.)

4. Scene.

Peter. Toni.

Peter. Ein zu liebes Kind, Deine Susi. — Aber Du,
Toni, Du gefällst mir gar nicht so recht.

Toni (befangen). Warum denn, Peter?

Peter. Du kommst mir so — so gedrückt vor. Hast
was mit Deinem Mann? Du! Da will ich einmal mit ihm
ein ernstes Wort sprechen.

Toni. Ach, mein Mann, der ist ja so gut — er ist
nur —

Peter. Ja, ja — ich weiß schon — er hat immer zu
viel Hanf auf'm Rocken — und's giebt doch kein richtiges
Garn. Tröst' Dich — das wird hier schon anders werden.
Aber — was ich fragen wollte. Was ist denn mit Eurem
Hausfreund, dem Herrn von Reifenstein? Das scheint ja ein
komischer Herr.

Toni (ausweichend). Ach — das ist so 'ne Wiener Be=
kanntschaft.

Peter. Weißt Du, mein Geschmack wär' er nicht —

Toni. Es ist ja auch nur der Pepi — der —

Peter. Nimm mir's nicht übel, Toni, aber den würd'
ich mir vom Hals schaffen — eh' die Anderen darüber ihre
Glossen machen.

Toni. Bruder, Du glaubst doch nicht?

Peter (herzlich). Ich glaub' nur an Dich. Aber die Anderen,
die könnten glauben —

Toni. Du sollst Alles erfahren — aber jetzt — ich kann
nicht —

Als Manuscript gedruckt.

Peter (lachend). Du willst doch nicht auch nur „ordnungs=
mäßig schriftlich" mit mir verkehren, wie unser Hans — heraus
mit der Sprache.

Toni. Es wird mir so schwer — wir sind dem Herrn
von Reifenstein von früher her verpflichtet und ich selbst —

Peter. Du bist dadurch in eine schiefe Stellung ge=
kommen — das dacht' ich mir. Na, das wollen wir beizeiten
in Ordnung bringen, ehe —

5. Scene.

Vorige. Justus. (Gleich darauf) **von Reifenstein.** (Zuletzt) **Justus.**

Justus (von Mitte rechts). Der Herr von Reifenstein.

Peter. Der kommt ja ganz gelegen. (Zu Justus.) Sehr
angenehm!

Justus (im Abgehen). Der wird wahrscheinlich auch glück=
lich gemacht. (Mitte rechts ab.)

Toni. Bring mich nicht in Verlegenheit, Bruder.

Peter. Sei nur ruhig — das machen wir diploma=
tisch ab.

Justus (öffnet die Thür Mitte rechts und läßt Reifenstein ein=
treten).

Reifenstein (ein hochgewachsener junger Mann, Ende der
Zwanziger, mit Monocle und Stock, Kleidung und Benehmen einem
Wiener Gigerl ähnlich, etwas gezierte und blasirte Redeweise, aber
durchaus nicht karrikirt, immer mit einer gewissen Vornehmheit und
specifisch Wienerischen Liebenswürdigkeit; außerdem Toni gegenüber
immer von einer gesuchten Freundlichkeit; er hat ein kleines Brustbouquet
in der Hand und ein Veilchensträußchen im Innern seines auffallenden
weißen Cylinders stecken). Meine Gnädige! — Herr von Heine=
fetter! — Entschuldigen — wenn ich schon wieder störe.

Toni (grüßt mit gezwungener Freundlichkeit). Herr von Reifen=
stein —

Reifenstein (Toni die Hand küssend und ihr das Brustbouquet über=
reichend). Erlauben —

Toni (immer befangen). Zu was denn die Umstände —

Reifenstein. Gnä' Frau sehen heute wieder aus — wie
der erste Mai —

Peter. Wenn er verregnet — meine Schwester ist ein
wenig angegriffen —

Reifenstein. Bedaure unendlich — wahrscheinlich die
Reisestrapazen — da will ich mich nur gleich wieder empfehlen.

Peter. O, bitte! (Bietet ihm Platz an.) Wir haben eben von Ihnen gesprochen.

Reifenstein. Hoffentlich was Gutes. — Bin ja immer bestrebt nach der Richtung —

Peter. Ja, mein Schwager hat mir schon erzählt — aber bitte — (Bietet ihm nochmals Platz an.)

Reifenstein. Sehr schmeichelhaft. (Sie setzen sich.) Hab' nur den Pepi erinnern wollen wegen heut' Abend — Gnä' Frau sind doch dabei — eine kleine Abspannung — und Fräulein Susi?

Toni. Wir bedauern — mein Bruder hat uns für heut' in Anspruch genommen.

Reifenstein. Sehr fatal — das heißt, für mich — werde heute Abend Trauerflor tragen, zumal ich nur noch kurze Zeit das Vergnügen haben werde

Toni (plötzlich ihre Unbefangenheit wieder gewinnend). Sie wollen Berlin wieder verlassen?

Reifenstein. Muß leider - zwingende Gründe Tante plötzlich sehr krank geworden — Denke aber in Kurzem wieder zurück zu sein.

Toni (enttäuscht). Ah!

Reifenstein. Kann nicht leben ohne Freund Pepi und — und — gnä' Frau werden mich wohl weniger vermissen.

Toni (verlegen). Sie wissen doch, Herr von Reifenstein, daß wir bisher immer sehr erfreut waren —

Peter. Ja, aber es könnten unterdeß Umstände eintreten —

Reifenstein. Umstände?

Peter. Verhältnisse, die den Verkehr etwas beeinträchtigen dürften.

Reifenstein. Wäre untröstlich!

Peter. Mein Schwager wird ja vorher seine Angelegenheiten mit Ihnen in Ordnung bringen, so daß Ihre Beziehungen auch ferner die freundlichsten bleiben können.

Reifenstein. Ferner? Angelegenheiten? — Wir haben doch keine Angelegenheiten —

Peter. Sehr delikat von Ihnen — und ich wollte damit auch nur sagen, daß Sie nur mehr mit meinem Schwager verhandeln möchten, mit sonst Niemandem —

Toni. Unsere Beziehungen würden darunter nur gewinnen —

Als Manuscript gedruckt.

Reifenstein. Hier scheint ein Mißverständniß — wäre unglücklicher Mensch, wenn gnä' Frau glauben könnten —

Toni. Wir sind Ihnen ja sehr verpflichtet —

Reifenstein. Erlauben — ich bin Ihnen verpflichtet.

Peter. Es scheint mir aber besser, es existiren gar keine Verpflichtungen mehr —

Reifenstein (erhebt sich langsam). Verstehe, Herr von Heinefetter — will jetzt auch nicht länger stören — (sieht vom Einen zum Andern, als erwarte er einen ermunternden Einspruch) haben jedenfalls sehr Wichtiges vor — (hat schon öfter forschende Blicke nach Peter's großer, altmodischer Berloque geworfen, in seiner Verlegenheit darauf weisend) großartige Berloque das — will ich mir auch machen lassen — nur etwas größer! (Verlegenheitspause.) Wie meinen, gnä' Frau? — (Sieht daß Toni aufgestanden ist und ihm den Rücken gekehrt hat.) Ach so!

Justus (von Mitte rechts). Der Herr Fellner möchte Sie sprechen, Meister. Es wäre Alles in Ordnung.

Peter (freudig). Endlich! — Ich komme gleich. (Justus ab. — Sehr eilig.) Also, Toni, Du weißt ja — Wie gesagt, Herr von Reifenstein, es wird uns immer eine große Freude sein, Sie bei uns zu sehen — wenn Sie wieder kommen.

Reifenstein. Bitte — bin ja noch nicht fort.

Peter. Sie sagten doch, da wollt' ich Ihnen nur eine glückliche Reise wünschen.

Reifenstein. Sehr verbunden. (Sie schütteln sich die Hände. [Reifenstein nach Gigerlart].)

Peter. Werde Sie wohl nicht so bald wiedersehn! — (Geht Mitte rechts ab.)

6. Scene.

von Reifenstein. Toni.

Reifenstein (sich verlegen umschauend, nach einer Pause). Komme mir etwas sonderbar vor, gnä' Frau.

Toni. Es würde mir leid thun, wenn Sie meinen Bruder mißverstanden haben sollten.

Reifenstein. War doch sehr deutlich — Aber gnä' Frau scheinen mich nie recht verstanden zu haben — Meine Verehrung für Sie und —

Toni. Herr von Reifenstein, ich muß Sie bitten —

Reifenstein. Ja, aber gnä' Frau — meine Verehrung für Sie, die kann doch dadurch —

Toni. Es ziemt mir nicht länger dergleichen von Ihnen zu hören — und wenn ich bis jetzt geschwiegen habe, so geschah es nur unter dem Druck der Verhältnisse —

Reifenstein. Gnädige bringen mich zur Verzweiflung — was soll denn aus mir werden, wenn auch Sie —

Toni. Genug, Herr von Reifenstein. Ich will Ihnen keine Vorwürfe machen, ich weiß, daß die Schuld an mir liegt, wenn Sie so von mir denken —

Reifenstein. Aber ich bitte - ich denke ja überhaupt nichts — meine Verehrung für Sie -

Toni. Mein Mann wird das Weitere mit Ihnen verhandeln.

Reifenstein. Aber, ich wollt' Ihnen ja nur erklären —

Toni (verabschiedet sich kühl). Sie entschuldigen mich — (Mitte links ab.)

Reifenstein (fortfahrend). Meine Empfehlung an Fräulein Susi — (sieht Toni einen Augenblick ganz perplex nach — dann kopfschüttelnd) muß sehr schwer verständlicher Mensch sein! — Will Pepi fragen — versteht mich jedenfalls besser. (Will Mitte rechts abgehen, im selben Augenblick tritt Susi von Seite rechts II auf.)

7. Scene.
Reifenstein. Susi.

Susi (kommt trällernd von Seite rechts II und will nach Mitte links gehen, als sie Reifenstein erblickt, verlegen stehen bleibend.) Herr von Reifenstein? — So allein?

Reifenstein. Leider! Sehr unheimlich davon berührt.

Susi (lachend). Sie fürchten sich doch nicht? Ich bin gern einmal allein.

Reifenstein. Ich auch — mit Ihnen, Fräulein Susi! Glücklicher Zufall! — Dachte schon, müßte trostlos weiter ziehen.

Susi. So melancholisch, Herr von Reifenstein? Was ist denn geschehen?

Reifenstein. Unerbittliches Schicksal ruft. — Muß fort.

Susi. Fort? — Aber Sie kommen doch wieder?

Reifenstein. Hängt von Tante ab — ist sehr krank — muß morgen abreisen.

Susi (betrübt). Ah, das ist aber schad.

Reifenstein (herzlich). Wirklich? — Thut Ihnen leid? Das ist schön von Ihnen.

Als Manuscript gedruckt.

Susi. Da kriegt man ja Heimweh, wenn man auf einmal so allein bleibt.

Reifenstein. Allein? — Haben doch Onkel und Tante und Cousinen —

Susi. Ja, aber, die verstehen einen doch nicht so — wir sind doch mehr an einander gewöhnt. — Bei Ihnen da glaubt man halt immer noch, man ist zu Haus — in Wien.

Reifenstein (läßt sein Monocle fallen). Werden mich vermissen, Fräulein Susi?

Susi (schelmisch). Sie mich doch auch?

Reifenstein. Wird Polarnacht für mich anbrechen.

Susi. So'ne Polarnacht, die dauert wohl Monate lang?

Reifenstein. Meine kann unter Umständen Jahre dauern.

Susi. Jahre? Ach, Du lieber Gott — auf die Rechnung versteh' ich mich noch gar nicht, kann man denn das erleben?

Reifenstein. Kommt auf Constitution an — vor Allem warmes Herz nothwendig.

Susi (schalthaft). Nun — und wenn das Herz nun warm genug ist, und man wartet —

Reifenstein. Dann — dann bricht ewiger Tag an.

Susi. Das ist freilich verlockend.

Reifenstein. Werde Polarnacht so viel als möglich abzukürzen suchen — Tante ist ja verständig.

Susi. Da will ich warten.

Reifenstein (emphatisch). Fräulein Susi — sind ein Engel.

Susi. Ein Engel? — 's giebt's halt viel Engel.

Reifenstein. Mein Engel, Fräulein Susi — mein guter Engel!

Susi. Das klingt schon besser. — Weiß denn Mama und Papa — daß ich — auf Sie warten soll.

Reifenstein (schüttelt mit dem Kopfe). Wollen mich los sein — gefall' Onkel Heinefetter nicht.

Susi. Der kennt Sie halt' nicht, wie ich.

Reifenstein (freudig). Sie kennen mich? — Ist mir genug.

Susi. Ich glaub' halt, man kann sich ja irren, aber Sie hätten doch mit Mama reden können.

Reifenstein. Wär längst geschehen — muß aber erst glänzende Existenz bieten können, (mit Nachdruck) dann komm' ich und — und —

Suſi (ſchnell einfallend). Nix weiter ſagen — ich wart' und laß mich überraſchen.

Reifenſtein (entzückt). Fräulein Suſi — ſind — ſind —

Suſi. Ein Engel. Ich weiß ſchon.

Reifenſtein. Coloſſal! — Bin glücklichſter Menſch! — Jetzt könnt' Wien vom Erdboden verſchwinden — wär' mir gleichgültig, wenn Fräulein Suſi übrig bleiben.

Suſi. Ganz allein?

Reifenſtein (verſchmitzt). Mit mir — verſteht ſich. Er= lauben — (Nimmt aus ſeinem Hut ein kleines Veilchenſträußchen und überreicht es Suſi.)

Suſi (mit kindiſcher Freude). Ach, wie lieb! Kommt in mein Album zu den andern — und wenn Sie dann wieder= kommen — (ſeufzend) nach Jahren!

Reifenſtein (tröſtend). Tante wird ja vernünftig ſein.

Suſi. Uebrigens, Herr von Reifenſtein, wie heißen's eigentlich?

Reifenſtein (verſchämt zur Erde ſehend, mit dem Stock ſpielend). Kann nichts dafür — Ignaz — Fräulein Suſi.

Suſi. Ein ſchöner Name.

Reifenſtein (zweifelnd). Aber Fräulein Suſi!

Suſi. Na — ſagen wir Nazi, das klingt noch hübſcher. Und nicht wahr — Na, — Herr Nazi, wir wollen Niemandem was ſagen — wir wiſſen ja ſelber noch nichts Gewiſſes — und das iſt grad ſchön — ſo ein biſſel was Geheimes im Herzen, das giebt einem ſo was Ueberlegenes, man weiß halt mehr als die andern — und ſo ein heimliches Glück, das iſt ein doppeltes Glück. Nicht wahr?

Reifenſtein (ſelig). Ja — Suſi.

Suſi. Alſo Nazi — ich wart' — es wird ja nicht gar ſo lang dauern! (Läuft Mitte links ab.)

Reifenſtein (ihr nachrufend). Tante wird ſchon vernünftig ſein! — Doch kleine Entſchädigung für unverdiente Kränkung von vorhin (Im Abgehen nach Mitte links, wo Suſi abging, nach Gigerlart grüßend und rufend.) Tſchau! geliebte Suſi! (Mitte rechts ab.)

8. Scene.

Eugen. Eva. Clementine. Zuletzt **Franz.**

Eugen (hinter Eva, von Seite links). Aber, Eva, Du wirſt doch nicht im letzten Augenblick —

Als Manuscript gedruckt.

Eva (die mit einem Buch in der Hand [Egmont] aufgetreten). Wo's nun ernst wird, da verzweifle ich wieder an meinem Talent.

Eugen. Es war ja famos! — Du wirst großartigen Effekt machen, wenn Du so spielst wie vorhin.

Eva (zaghaft). Wirklich! Meinst Du auch, Clementine?

Clementine (die hinter Eugen mit einem Arbeitskörbchen im Arme mit Häkeln beschäftigt, eingetreten; während des Folgenden setzt sie das Arbeitskörbchen rechts nieder). Wenn der Herr Eugen zufrieden ist —

Eva. Aber Vater! Er darf doch nichts erfahren!

Eugen. Für den sind wir ja auf der Kunstausstellung.

Eva. Er meinte aber, wir sollten nicht zu lange ausbleiben, er hätte noch was vor, da müßten wir dabei sein.

Eugen. Wir übernachten ja auch nicht dort, um sechs Uhr sind wir wieder zurück.

Eva. Das ist schon recht, aber —

Eugen. Herrje! Wenn Du zum Theater gehen willst — einmal muß er's doch erfahren.

Eva. Ja, das ist wahr.

Eugen. Und wenn Du dann die Welt mit Deinem Ruhm erfüllst —

Eva. Das würde Vater gewiß freuen und — und der Franz — der würde sich schön ärgern.

Clementine. Was ist denn mit Herrn Fellner?

Eva. Du weißt ja, wir verstehen uns eben nicht.

Eugen. Kein Wunder! Also Muth, Evi! Nimm Dir ein Beispiel an mir. — Ich spiel doch heute eine Bombenrolle — siehst Du mir was an? —

Eva. Ja, Du! — Was spielst Du denn eigentlich — auch so eine große klassische Rolle?

Eugen. Warum nicht gar! — Das ist ein überwundener Standpunkt — nun noch für so unerfahrene jungen Mädchen wie Du — (etwas spöttisch) und Fräulein Clementine. — Unsere Zeit hat andere Aufgaben — Du wirst gleich heute was davon erfahren.

Eva. So sag doch.

Eugen. Ich spiel' in einem ganz modernen Stück: „Der Kohlenmann!"

Eva. Davon hab ich nie was gehört.

Eugen. Das glaub' ich — ich spiel' auch in der „Modernen" — das ist nur für die Eingeweihten.

Eva. Da bin ich aber neugierig.

Eugen. Das Stück spielt theils im Kohlenkeller — theils auf dem Boden.

Clementine (spöttisch). Theils im Hellen — theils im Dunkeln —

Eva. Das ist aber komisch.

Eugen. Durchaus nicht — hochtragisch! — Zum Schluß verbrennt der Kohlenmann in seinem eigenen Keller sammt seinen unbezahlten Kohlen.

Eva. So was!

Eugen. Du wirst schon sehen. — Jetzt ist's aber die höchste Zeit — mach' Dich fertig. Ich erwarte Euch an der Hintertreppe. — Also vorwärts.

Eva (wendet sich zum Gehen). Ach — wenn's nur schon vorüber wär'! (Geht Seite links ab.)

Eugen. Du brauchst doch keine Furcht zu haben! (Begleitet Eva bis zur Thür.)

Clemetine (während sie nach der anderen Seite geht, ihr Körbchen zu nehmen). Sie könnte mir wirklich leid thun, aber jeder ist sich selbst der Nächste. (Legt ihre Häkelarbeit während der nächsten Reden zusammen.)

Eugen (im Abgehen). Nicht warten lassen, Fräulein Clementine. (Dem auftretenden Franz Mitte rechts begegnend.) Nun, Herr Fellner — wissen Sie jetzt, wie's gemacht wird?

Franz. Ja, ich bin aber immer noch nicht sicher —

Eugen. Fragen Sie, wen Sie wollen — mein Recept ist das richtige —

Franz. Meinen Sie?

Eugen. Nur immer gleichgültig! Das ist die Hauptsache. (Mitte rechts ab.)

9. Scene.

Franz. Clementine.

Franz (erblickt Clementine). Fräulein Clementine! Ob ich die mal frage? Die hat jedenfalls Erfahrung! (Räuspert sich, um Clementinen's Aufmerksamkeit zu erregen.) Hm! Fräulein Clementine!

Als Manuscript gedruckt.

Clementine (sich umwendend, sehr liebenswürdig). Ah — Herr Fellner!

Franz. Sie werden es nicht unbescheiden finden — wenn ich mir eine Frage erlaube.

Clementine. Bitte, Herr Fellner.

Franz. Ich befinde mich in einer sehr delikaten Situation. Sie haben mir in der kurzen Zeit unserer Bekanntschaft schon so manchen Beweis Ihres Wohlwollens gegeben, daß ich mich vertrauensvoll an Sie zu wenden wage.

Clementine. Sprechen Sie ungescheut, Herr Fellner, ich werde Ihr Vertrauen zu rechtfertigen wissen.

Franz. Ich muß vorausschicken, daß ich wenig Uebung im Verkehr mit Damen habe. Ohne Schwester und frühzeitig ohne Mutter — und dann in der Einsamkeit des Landlebens — da lernt man so was nicht.

Clementine. Ich begreife. Sie wollen nun das Versäumte nachholen.

Franz. Ich weiß nur nicht, wie ich es machen soll, um mich der Dame meines Herzens — die jedenfalls meine Ungeschicklichkeit für Gleichgültigkeit nimmt — verständlich zu machen. Man hört ja so Verschiedenes darüber.

Clementine (immer kokett, alle Reden Fellner's auf sich beziehend). Bei feinfühligen Menschen, da braucht es ja nicht vieler Worte, eine gewisse vornehme Zurückhaltung sagt oft mehr als stürmische Ergüsse.

Franz (erfreut). Nicht wahr, Fräulein Clementine?

Clementine. Gewiß, Herr Fellner. Auf zarter organisirte Seelen übt scheinbare Gleichgültigkeit einen eigenthümlichen Reiz aus —

Franz (lebhaft ergänzend). Und drängt die Dame, sich dem Gegenstand ihrer Neigung zu erklären.

Clementine (verschämt thuend). Sie verwirren mich, Herr Fellner.

Franz. Fräulein Clementine, verstehe ich Sie recht?

Clementine. Ich habe Ihre Gleichgültigkeit gegen mich wohl bemerkt — und sie auch zu deuten gewußt —

Franz. Fräulein Clementine, Sie hätten —

Clementine. Sie haben bewiesen, daß es Ihnen nicht an Geschicklichkeit fehlt, ein unbefangenes Mädchenherz zu einem Geständniß zu bringen.

Franz (Clementinens Hand erfassend). Fräulein Clementine, Sie machen mich überglücklich! — Ich stehe vor der Entscheidung, und dieser Erfahrung hat es bedurft, mir den rechten Weg zu zeigen.

Clementine. Den werden Sie weiter nun wohl selbst finden.

Franz (ihre Hand wiederholt drückend). O, jetzt bin ich darüber beruhigt. Ich danke Ihnen von ganzem Herzen.

Clementine (ihm ihre Hand kokett entziehend). Nicht so stürmisch, lieber Herr Fellner.

Franz. Sie haben mich doch nicht mißverstanden?

Clementine. Bewahre — (mit zärtlichen verschämten Blicken) aber sprechen Sie, bitte, noch einmal mit meiner Mutter. (Seite rechts 1 ab.)

Franz (nach einer kleinen Pause). Ihre Mutter soll ich auch noch fragen? Das hab' ich ja gar nicht mehr nöthig -- ich weiß jetzt bestimmt, es geht — es geht.

10. Scene.

Eva. Franz.

Eva (kommt von Seite links, zum Ausgehen bereit, etwas verwirrt, da sie Fellner erblickt). Sie hier, Herr Fellner?

Franz (bei Seite). Sie selbst! — Jetzt wollen wir das Recept gleich 'mal probiren.

Eva. Ich dachte Clementine —

Franz (spielt nun die Rolle, die ihm Eugen vorgeschrieben, man muß ihm aber immer den Zwang anmerken). Fräulein Clementine hat mich eben verlassen. (Deutet nach Seite rechts, wo Clementine abgegangen.)

Eva (will gehen; förmlich). Ich danke Ihnen.

Franz. Eine sehr liebenswürdige Dame.

Eva (stehen bleibend). Finden Sie?

Franz. So verständig und zuvorkommend.

Eva (spöttisch). Da gratulire ich Ihnen.

Franz (bei Seite). Sie ärgert sich schon!

Eva. Da können Sie doch was profitiren zu eigenem Gebrauch.

Franz. Das habe ich auch — merken Sie nichts?

Als Manuscript gedruckt.

Eva. Ich habe noch keine Gelegenheit gehabt. Sie scheinen ihre neu erworbenen Kenntnisse anderweitig verwerthen zu wollen. Suschen hat mir davon erzählt.

Franz. Ja, Fräulein Susi! — Die finde ich auch sehr liebenswürdig.

Eva. Das wird ihr sehr schmeichelhaft sein. Mir erscheinen Sie damit nur komisch.

Franz (aus der Rolle fallend). Komisch!? Das wäre — (Sich besinnend, kalt.) O, ich komme mir sehr beneidenswerth vor.

Eva. Da lern' ich Sie ja von einer ganz neuen Seite kennen. Sie leiden auch an Einbildung.

Franz. Wie Sie, Fräulein Eva.

Eva. Ich habe mir nie eingebildet, Ihnen zu gefallen.

Franz (sich vergessend). Das wäre ja auch keine Einbildung. (Sich besinnend.) Das heißt — ich hab' es ja auch nie verlangt. Wenn ich von Einbildung spreche — so meine ich Ihre Schwärmerei für das Theater.

Eva. Ist mein Drang nach künstlerischer Bethätigung Einbildung?

Franz. Man muß nichts treiben, wozu man keinen Beruf hat.

Eva. Das sagen Sie sich nur gefälligst selbst und spielen Sie mir keine solche Komödie vor.

Franz (betroffen). Ich spiele Komödie? (Bei Seite.) Sollte sie etwas merken? (Zu Eva.) Ich spreche nur aus vollkommener Ueberzeugung.

Eva. Sie sprechen von Dingen, die Sie einfach nicht verstehen. Sie wollen mein eigenstes Wesen unterdrücken, weil Sie selbst nichts davon in sich haben.

Franz (trocken). Nein, davon verspüre ich wirklich nichts.

Eva. Und Sie haben sich bisher den Anschein gegeben, als ob Sie nur für mich und mit mir leben könnten? Ich sehe nun, daß Ihnen Alles an mir mißfällt. Was mir Freude macht, das finden Sie für ein junges Mädchen unpassend. Wenn ich mit Andern lustig bin — und ich bin gern lustig — dann machen Sie ein Aschermittwoch-Gesicht. Mir wissen Sie nur Unangenehmes zu sagen — für Andere haben Sie aber schöne Worte. Ich bin ja doch kein Schulkind — und wenn ich denke, daß ich mein ganzes Leben lang so einen Schulmeister an meiner Seite haben sollte da ginge ich lieber in's Kloster.

Franz (sich vergessend, warm). Fräulein Eva, Sie thun mir schweres Unrecht, ich habe ja keinen anderen Gedanken als — (Eva sieht ihn verwundert an, er besinnt sich wieder auf seine Rolle, trocken) in's Kloster zu gehen — das wäre ja noch nicht das Schlimmste.

Eva (gereizt fortfahrend). Für Sie! Sie passen dahin, denn Sie denken nur an sich. Statt mir in meiner inneren Bedrängniß mit Rath und That zur Seite zu stehen — kränken Sie mich auf alle Art und spotten meiner — (weint) und Sie wollten mich glauben machen, daß Sie für mich etwas empfinden — (schluchzt) und mein armer Vater, was wird der dazu sagen. (Wirft sich in einen Sessel am Mitteltisch.)

Franz (bewegt, für sich). Sie thut mir wirklich leid, aber es scheint zu wirken: sie weint bereits, also nur gleichgültig bleiben. (Wieder in seiner Rolle — spielt den Gleichgiltigen — indem er die Serviette, die Suschen in der 2. Scene auf den Stuhl links gelegt, erfaßt, so daß der Knoten aufrecht in seiner Hand steht, betrachtet ihn.) Das ist allerdings ein verwickelter Fall! (Gähnt.) A—a—h! Sie müssen ja wissen, was Sie zu thun haben.

Eva (aufspringend). Ja, das weiß ich, Sie sollen schon sehen! Und ich preise mich glücklich, daß ich noch früh genug Ihre Indolenz kennen gelernt und dadurch vor einem Schritt bewahrt wurde, den ich mein ganzes Leben lang bereuen müßte. (Sie geht erregt hin und her.)

Franz (für sich). Sie wüthet — jetzt kommt die Erklärung!

Eva (auf ihn zu). Sie müssen ein Schulmädchen oder eine Gouvernante zur Frau nehmen, aber kein Mädchen, dessen Herz etwas höher schlägt. Mit uns ist es für immer vorbei — jetzt weiß ich meinen Weg. (Will Seite rechts II ab.)

Franz (sie aufhaltend). Aber Fräulein Eva! — Was hab' ich denn da gemacht! Lassen Sie sich doch sagen! (Stößt das Folgende in komischer Verzweiflung hervor.) Hätt' ich doch gleich auf Ihren Vater gehört — ja — so wird's gehen! (Stürzt ihr zu Füßen und erfaßt krampfhaft ihre Hand.) Hier lieg' ich — und schwöre — (hebt die andere Hand empor, in der er noch die Serviette mit dem aufrechtstehenden Knoten hat) ich kann ohne Sie nicht leben — und — und hier bleib' ich liegen — bis Sie mich aufheben!

Eva (reißt sich los). Da können Sie lange warten. (Weinend.) Schändlich — mich so zu verhöhnen! (Rasch Seite rechts II ab.)

Als Manuscript gedruckt.

Franz (wie niedergedonnert, noch immer auf den Knieen). Das auch nicht —! (Aufstehend, resignirt.) Ich mußt es ja — ich kann's machen, wie ich will — es wird nichts! Jetzt ist Alles aus — jetzt hab' ich in diesem Hause nichts mehr zu suchen! (Wirft die Serviette ärgerlich in eine Ecke und geht Mitte rechts ab.)

11. Scene.

Alma. Johannes.

Alma (öffnet die Thür rechts I und spricht zurück). Komm doch, Hänschen — er will ja mit uns sprechen.

Johannes (noch in der Thüre mit dem Anziehen seines Frackes beschäftigt). So unvorbereitet — ich muß doch erst meinen Frack —

Alma. Mit Deinen Vorbereitungen — (Ist ganz herausgetreten — setzt sich in Positur, in der Meinung, Fellner zu finden.) Herr Fe — er ist ja nicht mehr da —! Was hat denn Clementine?

Johannes (der herausgetreten). Siehst Du, ich sagt es ja — so was will

Alma (sieht ihn mit einem strengen Blick an). Johann!

Johannes (vollendet seine Worte nicht, deutet nur mit entsprechender Geberde das „ordnungsmäßig schriftlich" an). — eingeleitet werden.

Alma. Du bist —

Johannes (eingeschüchtert). Ja, was denn? Ich bin ja da.

Alma. Aber immer zu spät. Wenn wir auf Dich warten wollten — darüber könnte Tinchen eine Matrone werden.

Johannes. Ich kann sie doch nicht heirathen.

Alma. Du kannst überhaupt nichts —

Johannes. Du hast gut reden — Du schickst immer mich in's Feuer.

Alma. Wozu bist Du denn der Mann und der Herr des Hauses.

Johannes (kläglich). Das hab' ich mich auch oft gefragt.

Alma (überhört ihn). Nicht einmal die paar elenden Mark konntest Du von Deinem Bruder erlangen.

Johannes. Warte nur ab. Wenn man wie ich eine Sache richtig angreift — (Macht die Pantomime des Schreibens wie vorhin.) Dabei bewahrt man auch seine Würde.

Alma. Mit Deiner Würde — Da kannst Du noch lange mit leeren Taschen herumlaufen. Zum Glück sind wir jetzt gar nicht so darauf angewiesen.

Johannes (neugierig). Hast Du sonst was aufgetrieben?

Alma. Unsinn! — Wenn die Sache mit Fellner zu Stande kommt —

Johannes. Glaubst Du wirklich, daß da was wird?

Alma. Tinchen ist doch kein Kind! Wenn sie von einem förmlichen Antrag spricht, dann ist es so gut als in Ordnung und dann brauchen wir Deinen Bruder gar nicht. Richte nur Deine ganze Aufmerksamkeit auf Fellner —

Johannes. Du meinst, er könnte am Ende noch ab= schnappen?

Alma. Fellner ist etwas schüchterner Natur — da darf man nicht locker lassen — besonders da er unter dem Einfluß Deines Bruders steht —

Johanna (selbstbewußt). Ich werde meinem Bruder schon die Sache klar machen. Was braucht er einen reichen Schwieger= sohn!

Alma. Der Glückspeter! Seine Eva kann ja noch warten. — Auch dem Schwager Schallinger mit seiner kleinen Susi trau' ich nicht recht.

Johannes. Ja — die sind auch nicht blöde.

Alma. Der glaubt ja, Dein Bruder sei nur für ihn da und den Hausfreund seiner Frau, den lächerlichen Herrn von Reifenstein. — Uebrigens ein ganz unmoralisches Verhältniß!

Johannes. Glaubst Du —?

Peter (von außen, Mitte rechts). Ist denn der Schwager Schallinger noch nicht zurück?

Alma. Da kommt Dein Bruder — sprich gleich mit ihm — aber mach' es nicht wieder so ungeschickt wie mit dem Gelde.

Johannes. O jetzt — mit einem reichen Schwiegersohn in der Tasche —

Alma. Na ja — einmal wirst Du doch was fertig bringen!

Johannes (etwas ärgerlich). Jetzt geh' nur.

Alma. Also zeige Dich als Mann, Hans, und handle.

Johannes (drängt sie zur Thür hinaus). Ja, ja — ich werde mich schon als Hans zeigen — eh — als Mann. Nun geh' aber! (Alma ab rechts I.)

Als Manuscript gedruckt.

13. Scene.

Johannes. Peter.

Peter (kommt eilig von Mitte rechts — will nach Seite rechts II — rufend.) Mutter Gertrud! — (Als er Johannes gewahr wird, stehen bleibend.) Gut, daß ich Dich treffe, Hans — Du weichst mir ja ordentlich aus!

Johannes. Ich habe auf Deine Antwort gewartet.

Peter. Die mußt Du schon mündlich in Empfang nehmen. Aber warum machst Du denn wieder so ein bedenkliches Gesicht?

Johannes. Brauchst mich nicht zu verspotten. — Wenn ich so ein Glückspeter wär wie Du, könnte ich freilich ebenso heiter und sorglos in die Welt schauen.

Peter. Nun hör' aber einmal auf. Ich hab ja keinen anderen Gedanken, als Dich und die Deinen glücklich zu machen und mich Deines Glückes zu freuen.

Johannes (ihm herzlich die Hand drückend). Ja, Peter, ich weiß, Du meinst's ja so gut.

Peter. Na also — nun mach' 'mal ein freundliches, zufriedenes Gesicht — (indem er seine Brieftasche herausnimmt) Du sollst ja auch haben, was Du brauchst.

Johannes. O, ich will Dich nicht drängen — wir sind ja zum Glück nicht mehr so darauf angewiesen, es haben sich unterdessen Aussichten für die Zukunft eröffnet.

Peter. Mach' doch keine Sachen — (nimmt aus seiner Brieftasche ein Couvert mit Geld) Deine Zukunft ist meine Sache — also nimm und laß das Versteckenspielen.

Johannes. Nun, wenn Du durchaus darauf bestehst — (steckt das Geld ein) ich will Dich ja nicht kränken..

Peter (mit Humor). Das ist schön von Dir — ich danke Dir. (Schüttelt ihm die Hand.)

Johannes. Bitte. Wir sind ja nicht gezwungen, Dir zur Last zu fallen.

Peter. Laß doch die dummen Redensarten.

Johannes. Keine Redensarten, lieber Bruder. Ist doch erst heut wieder erneute Anfrage an mich ergangen, ob ich nicht doch die Direktorsstelle des Detmolder Vorschuß= vereins annehmen wollte — es handelt sich nur um die Caution. Du siehst, ich bin eine gesuchte Persönlichkeit.

Peter. Lächerlich! Da hab' ich ganz andere Dinge mit Dir vor — Du wirst's gleich erfahren.

Johannes. Das ist ganz hübsch — wenn aber nun meine Clementine eine glänzende Parthie macht —

Peter. Dafür werden wir auch schon Rath schaffen, wie für meine Eva. (Will wieder nach Seite rechts II.)

Johannes (hält ihn zurück — freudig). Wirklich, lieber Bruder, Du willst uns dabei mit Deinem Einfluß unterstützen.

Peter. Das versteht sich von selbst. Wenn erst der Fellner gesprochen, wie ich es von ihm erwarte, dann kommt die Reihe an Euch.

Johannes. Du weißt also schon?

Peter. Ich bin doch nicht blind. Und der Fellner hat mir feierlich zugesagt, daß er sich ihr noch heute erklären will.

Johannes. Er hat sich bereits erklärt. Meine Alma weiß es von Clementine —

Peter. Der Duckmäuser! — Und mich läßt er so im Unklaren! Na, das wollen wir nun gleich Alles miteinander in Ordnung bringen. (Wendet sich wieder zum Gehen.)

Johannes (Peter herzlich die Hand drückend). Du bist doch wirklich ein guter Kerl!

Peter (will sich losmachen, gutmüthig). Mach doch kein solches Aufheben! —

14. Scene.

Vorige. Justus.

Justus (von Mitte rechts mit einer Karte und einer couvertirten Rechnung, nimmt Peter auf die Seite). Meister, ein Commis aus'm Kaiserbazar ist unten — Herr Schallinger schickt ihn — er hat sein Portemonnaie vergessen —

Peter. Sein Portemonnaie? (Liest die Karte und besieht die Rechnung.) Und 'ne quittirte Rechnung? — Das ist auch 'ne Ueberraschung. (Zu Justus.) Ich komme gleich.

Justus (grinsend). Aber mit dem Portemonnaie! (Mitte rechts ab.)

Johannes (neugierig). Vom lieben Schwager Schallinger? Was Unangenehmes?

Als Manuscript gedruckt.

Peter. Ach — er hat was vergessen — (In die Rechnung blickend.) Mir scheint, der denkt auch schon daran, seine Susi auszustatten.

Johannes. Hat er denn auch Absichten —?

Peter. Nun, Projekte macht er doch immer —

Johannes. Aber Du wirst doch nicht an ihn denken?

Peter. Ach was — die Susi hat noch Zeit. (Geschäftig.) Ich komm' gleich wieder, Hans. Bereitet Euch einstweilen vor — der wichtige Moment ist da — ich will nur meine Anordnungen treffen — dann kann's losgehen. (Rasch Mitte rechts ab.)

Johannes (selbstbewußt). Wie steh' ich nun da!?

15. Scene.

Johannes. Alma. (Zuletzt) **Schallinger.**

Alma (vorsichtig die Thür rechts I öffnend; neugierig, noch an der Thür). Nun, Hänschen —?

Johannes (spöttisch). Du hast wohl gehorcht?

Alma. Pfui, Hans. Ich habe Deinen Bruder fortgehen hören.

Johannes (selbstbewußt). Nun, es ist Alles ordnungsmäßig erledigt. Clementine und Fellner werden ein Paar. Mein Bruder ist mit Allem einverstanden.

Alma. Das ist ja über alles Erwarten! — Wenn Du Dich nur nicht täuschest!

Johannes (stolz, zieht das Couvert mit Geld aus der Tasche). Dann ist auch das Täuschung!

Alma. Du hast auch das Geld bekommen?

Johannes. Mit würdevoller Zurückhaltung.

Alma (nimmt ihm das Geld ab). Dann gieb nur her.

Johannes. Ja, das verstehst Du — aber wie man eine Sache in die Hand zu nehmen hat —

Alma (steckt das Geld ein). Das hab' ich Dir doch eben gezeigt.

Johannes. Ja, wenn ich nicht so mit der Feder umzugehen verstünde —

Alma. Dann wär' schon Manches anders.

Johannes (gekränkt). Das ist nun der Dank!

Alma. Nun ja, Hänschen, Du hast's ja diesmal ganz gut gemacht — aber wir dürfen jedenfalls die Hände nicht in den Schooß legen.

Johannes. Ja, vor Schwager Schallinger müssen wir auf der Hut sein — Peter meint, er habe auch Projekte mit seiner Susi —

Alma. Hab' ich mir's doch gleich gedacht!

Johannes. Aber er will Alles noch heute in Ordnung bringen.

Schallinger (erscheint Mitte rechts und spricht hinaus). Wenn die Sachen kommen, die sind für mich, daß Sie's wissen!

Alma (rasch). Der vornehme Herr Schwager, geh' nur — dem will ich 'mal gleich auf den Zahn fühlen.

Johannes (im Abgehen). Diese Frau ist der reine Staatsanwalt. (Geht Seite rechts I ab.)

16. Scene.

Schallinger. Alma.

Schallinger (geht, wie er Alma sieht, mit ausgebreiteten Armen auf sie zu). Ah, charmant! Die liebe Frau Schwägerin! Außerordentlich erfreut! Man sieht Sie ja gar nicht.

Alma. Wir leben mehr in unserer Familie.

Schallinger. Das ist ja auch meine einzige Erholung. (Uebertrieben galant.) Wollen Sie nicht Platz nehmen?

Alma. Ich danke, ich muß doch gleich wieder an meine häuslichen Geschäfte.

Schallinger. Ich bitt' Sie! Ich bin immer in Geschäften — aber deswegen! Hab' eben ein außerordentlich wichtiges Geschäft erledigt — und dabei Berlin ein bissel angeschaut.

Alma. Dazu sind wir noch nicht gekommen.

Schallinger. Ganz schöne Stadt, Berlin. Aber bei uns in Wien, da ist Alles flotter, unternehmender, und dabei gemüthlicher; hier fragen sie immer gleich um's Portemonnaie, in Wien kümmert sich kein Mensch darum — man erfahrt ja früh genug, was's kost't, wenn man die Rechnung kriegt.

Alma (immer etwas spöttisch, von oben herab). Was haben Sie denn eigentlich für ein Geschäft, Herr Schwager?

Als Manuscript gedruckt.

Schallinger. Was ich für ein Geschäft hab'? — Was das für 'ne Frag ist — ich bin halt Unternehmer — ich mach' Alles.

Alma. Ist das nicht sehr riskant?

Schallinger (sie einen Augenblick mißtrauisch anschauend, dann). Ja, man muß halt klüger sein wie die Anderen. Jetzt werd' ich mit dem Schwager Peter arbeiten — deswegen hat er mich ja nach Berlin kommen lassen.

Alma. So? — Da werden wir wohl überflüssig werden?

Schallinger. Sie werden doch nicht empfindlich sein, Frau Schwägerin. Sie sollen mit Ihrem Manne der verdienten Ruhe genießen — und ich, ich will dem guten Peter das Seinige zusammenhalten, damit Sie mit den lieben Ihrigen sorglos in die Zukunft schauen können.

Alma. O, Herr Schallinger, wir sind Gott sei Dank so gestellt, daß wir nicht darauf warten müssen. Sie vergessen, daß mein Mann fürstlich Lippe'scher Steueramts-Controlleur ist und seine etatsmäßige volle Pension bezieht.

Schallinger. Das ist ja sehr ehrenvoll — aber pensioniren möcht' ich mich deswegen doch nicht lassen. Wenn man noch solche Aussichten und solche Verbindungen hat —

Alma (spöttisch). Wie zum Beispiel mit dem Herrn von Reifenstein?

Schallinger. Gefällt er Ihnen nicht?

Alma. O, er scheint ja ein sehr nobler Herr — für Detmold freilich wär' er —

Schallinger. Zu schade meinen Sie? Er hat auch gar nicht die Absicht, nach dort zu gehen.

Alma? Was ist er denn eigentlich für ein Herr von?

Schallinger. Er ist halt ein Herr von — wovon wir in Wien Alle sind — Wiener Geburtsadel!

Alma. So? Er steht Ihnen wohl sehr nahe?

Schallinger. Wie halt so ein Hausfreund.

Alma. Hat vielleicht Absichten auf die kleine Susi — das süße Kind?

Schallinger. Was fällt Ihnen denn ein!

Alma (spitz). Auf wen denn?

Schallinger. Ich hab' Ihnen doch schon gesagt — er ist unser Hausfreund —

Alma. Das ist wohl eine Wiener Specialität?

Schallinger. Wie halt ganz Wien eine Spezialität ist. Bei uns zum Beispiel wird Alles mit dem Gemüth gemacht. Nur gemüthlich — das sehn Sie an mir. — Aber nehmen's doch Platz, Frau Schwägerin —

Alma. Ein Augenblickchen, Herr Schwager. (Setzt sich, aushorchend.) Ich dachte wirklich, der Herr von Reifenstein und Fräulein Suschen.

Schallinger. Aber ich bitt' Sie — er hat ja nix — außer einer alten Tant — freilich, wenn die 'mal stirbt, dann erbt er ein Vermögen.

Alma. So, so! Also eigentlich doch eine gute Parthie!

Schallinger. Aber wer kann denn darauf warten — so'ne alte Tant' ist eigensinnig — nein — unsrer Susi eröffnen sich ganz andere Aussichten.

Alma. Vielleicht auch ein Herr von?

Schallinger. Interessirt Sie denn das so?

Alma. Wenn man selbst eine heirathsfähige Tochter hat —

Schallinger. Ach ja, die Fräulein Clementine. Die ist wohl schon lang' Braut.

Alma. Warum schon lang'?

Schallinger. Na, ich mein' nur, es wär' ja möglich.

Alma. Nun ja, gegen Ihr Suschen, die ist ja fast noch ein Kind.

Schallinger. Das macht nichts. Beim Heirathen geht's doch nicht nach der Anciennität — wie im Avancement beim Militär.

Alma. Soll das eine Anspielung auf mein Tochter sein?

Schallinger. Aber ich bitt' Sie, ich werd' Sie doch nicht beleidigen. Im Gegentheil, ich möcht' so gern in gutem Einvernehmen mit Ihnen bleiben. Sie scheinen mir eine außerordentlich verständige und erfahrene Frau — und Ihr Fräulein Tochter — allen Respekt!

Alma. (geschmeichelt). O, ich habe doch gleich in Ihnen den liebenswürdigen Schwager erkannt.

Schallinger. Selbstverständlich! — Nun sagen Sie einmal — im Vertrauen — was denken Sie denn über den Herr Fellner?

Alma (stutzt). Inwiefern?

Schallinger. Glauben Sie, daß da mit ihm und der Eva was wird?

Als Manuscript gedruckt.

Alma. Bewahre! Eva hat ganz andere Gedanken im Kopf. Im Vertrauen — (heimlich) sie will ja zum Theater gehen.

Schallinger (näher rückend). Was Sie sagen!

Alma (wie oben). Da wird der Schwager Peter auch seine Ueberraschungen erleben — und zwar heute noch — ich brauch' Ihnen nicht mehr zu sagen.

Schallinger. Wenn Sie so was in die Hand nehmen. — Freilich, der Fellner schaut nicht darnach aus, als ob er eine Schauspielerin heirathen wollt'.

Alma. Er macht sich ja auch sonst nichts aus ihr. Meine Clementine hat unumstößliche Beweise —

Schallinger. Ja, meine Susi hat auch schon was gemerkt.

Alma. Nicht wahr?

Schallinger (noch näher rückend). Wie wär's, wenn wir die Zwei zusammenbrächten? Die passen so hübsch zueinander.

Alma (Clementine meinend). Nicht wahr! Und der Fellner ist ja ganz vernarrt in sie.

Schallinger. Das hab' ich noch gar nicht so bemerkt.

Alma. Er ist ein wenig zaghaft und schüchtern.

Schallinger. Da wären Sie, verehrte Frau Schwägerin, ganz die Frau, so ein Bissel nachzuhelfen.

Alma. O, daran laß ich's nicht fehlen.

Schallinger. Sie sind doch eine charmante Frau!

Alma. Wenn nun auch Sie bei dem Schwager Peter dazu thun — man muß die Sache aus Rücksicht für ihn doch etwas schonend behandeln — Sie wissen ja! — Dann kann's ja nicht fehlen.

Schallinger. Natürlich, da muß es ja gehen!

Alma (steht auf). Herr Schwager — Ihre Hand!

Schallinger (steht ebenfalls auf und erfaßt ihre Hand). Frau Schwägerin!

Alma. Ich hab' Ihnen heimlich Unrecht gethan.

Schallinger (ihre Hand schüttelnd). O, Sie haben sich nichts vorzuwerfen.

Alma. Aber nun, da wir uns gefunden, wollen wir fest zusammenhalten.

Schallinger. Ja, mit vereinten Kräften. — viribus unitis — wie wir Oesterreicher sagen — damit geht bei uns das Unglaublichste! (Er und Alma wenden sich nach verschiedenen Seiten zum Abgehen.)

17. Scene.

Vorige. Peter. Gertrud.

Peter (kommt aufgeregt und geschäftig von Seite rechts II — er hat eine Mappe unter'm Arm — zu Alma und Schallinger). Bleibt nur gleich da! (Zu Gertrud, die ein Tablett mit Weinflaschen und Gläser trägt.) Stellen Sie nur dorthin (auf den Mitteltisch zeigend) Mutter Gertrud.

Gertrud (stellt das Tablett auf den Tisch in der Mitte). Wohl bekomm's allerseits.

Schallinger. Das sind ja sehr vielversprechende Vorbereitungen.

Peter. Ja! Zum Familientag der Heinefetter!

Alma. Das klingt ja ganz feierlich.

Peter. Wo ist denn der Hans, Frau Schwägerin?

Alma (eilig). Ich will ihm gleich Bescheid sagen. (Seite rechts I ab.)

Peter (zu Schallinger). Und die Toni muß auch dabei sein.

Schallinger. Selbstverständlich! (Will gehen, bleibt wieder stehen.) Du bist doch nicht bös, Schwager?

Peter. Warum denn?

Schallinger. Na — wegen dem Portemonnaie.

Peter (lachend). Ach ja!

Schallinger (entschuldigend). Ich hab' ja nicht gewußt, ob die Toni zu Hause ist — und dann — wer weiß, ob sie's gefunden hätt'.

Peter. Das hätt' ich beinah vergessen.

Schallinger (rasch). Ich will Dich nicht mahnen, lieber Schwager. (Schnell Mitte links ab.)

Peter. Hat einen glücklichen Humor der Schallinger. (Zu Gertrud, die abwartend hinter dem Tisch gestanden.) Wo sind denn die Kinder?

Gertrud. Ich denke, in der Kunstausstellung.

Peter. Ja, ja! Da wird auch der Franz nicht weit sein. Hoffentlich kommen sie noch zur rechten Zeit zurück, sonst wär' ja die ganze Sach' nur halb. — Daß der Justus nicht die Wagen zu bestellen vergißt.

Gertrud. Soll Alles prompt besorgt werden.

Peter. Mutter Gertrud, das ist eine wichtige Stunde für die Familie Heinefetter. Ich freu' mich schon ordentlich auf die fröhlichen Gesichter, die's geben wird.

Als Manuscript gedru

Gertrud (gerührt). Sie verdienen aber auch alles Glück und allen Segen!

Peter. Sie werden ja auf Ihre alten Tage noch eine rechte Salbaderin.

Gertrud. Aber Herr Heinefetter — ich red' doch nur, wie mir's ums Herz ist. (Seite rechts II ab.)

18. Scene.

Peter. Johannes. Alma. Schallinger. Toni. Susi.

Johannes (mit gemessenem Schritt von Seite links, feierlich, noch immer im Frack; hinter ihn Alma). Lieber Bruder, Du hast uns zu feierlicher Verhandlung geladen —

Peter. Aber nicht vor die Einschätzungs=Kommission, Du brauchst also nicht so ernst dreinzuschauen.

Alma. Das sag' ich ja immer zu meinem guten Hänschen.

Peter (zu Schallinger, der mit Toni und Susi von Mitte links auftritt). Da wären wir ja so ziemlich alle beisammen.

Schallinger. Ich hab' auch meine Susi mitgebracht, da sie doch auch zur Familie gehört.

Toni. Mein Mann hat durchaus darauf bestanden.

Peter. Natürlich, es handelt sich doch um die Zukunft der Familie Heinefetter.

Susi. Und den Kindern gehört die Zukunft, wie Papa sagt.

Schallinger. Ja, aber in der Gegenwart halten sie hübsch den Mund.

Peter. Nun, Kinder, setzt Euch, das Verfahren kann beginnen. (Setzt sich an den Mitteltisch, nimmt die Mitte, Johannes und Alma setzen sich zur Linken, Johannes ihm zunächst, Schallinger setzt sich zur rechten Seite Peters, Toni nimmt am Kamin Platz, Susi steht zu ihrer rechten Seite. Peter füllt die Gläser.) Nehmt die Gläser zur Hand. Erst einen fröhlichen Trunk! — Auf eine glückliche Zukunft!

Alle (stoßen an und trinken). Auf die Zukunft!

Schallinger (nachdem er getrunken). Was ist denn das für ein Gewächs?

Peter. Was Extrafeines! Rüdesheimer Berg Auslese.

Schallinger (den Wein prüfend). Hm! Hm! — Eigentlich doch ein bissel sauer, Euer Rheinwein — — gegen unsern Oesterreicher — — der reine Essig.

Toni. Aber Pepi!

Susi (die aus ihrem Glase wiederholt mit Behagen genippt). Aber Papa!

Peter (immer gemüthlich). Nun, hör' mal darüber sind doch die Gelehrten einig, was Feineres als so'nen Rheinwein giebt's nicht.

Schallinger. Na ja — es wachst doch nicht anders bei Euch. Aber so ein Oesterreicher Klosterneuburger oder Grinzinger=Rieslinger, das ist halt doch was anderes -- süß und feurig. (Sein Glas wieder füllend.) Das ist ja eigentlich gar kein Wein! (Trinkt.)

Peter. Du bist aber komisch! Denk' nur an die herr= lichen Lieder, womit unsere Dichter den Rhein und seine Reben besungen haben. (Singt.) „Am Rhein, am Rhein —"

Susi (einfallend). „Da wachsen uns're Reben —" Das kenn' ich!

Toni (verweisend). Susi!

Schallinger. Na ja — so ein'm Dichter, so 'nem armen Schlucker, dem schmeckt bald was.

Toni. Pepi, Du red'st Dich wieder in was hinein!

Johannes (spöttisch). Der Herr Schwager ist wohl sehr verwöhnt?

Schallinger (erregter werdend). Ich bin halt aus einem Weinland, wo man was davon versteht. In Detmold das liegt ja doch in einem Wald, so viel ich mich erinnere — da giebt's ja überhaupt kein' Wein.

Johannes (ebenfalls sich ereifernd). Detmold ist eine vor= nehme Residenzstadt — da giebt es Alles — auch einen Wald — nur keine Waldbauern!

Alma. Ereifere Dich doch nicht, Hänschen. (Sehr süß.) Der liebe Schwager meint es ja nicht so.

Peter. Aber Kinder, wir sind doch nicht da, um über den Wein zu streiten. (Zu Schallinger.) Es thut mir leid, wenn ich Deinen Geschmack nicht getroffen.

Schallinger. Aber, lieber Schwager, da ist ja gar nichts weiter darüber zu reden — ich bin ja schon still.

Peter. Also allgemeine Versöhnung! Darauf stoßen wir nochmal an!

Alle (ergreifen die Gläser und stoßen an). Prosit!

Als Manuscript gedruckt.

Schallinger (nachdem er getrunken, das Glas hinstellend).
Es ist aber doch kein Oesterreicher!

Peter. Nun aber zur Sache. Mein Herzenswunsch, und, wie ich annehmen darf, auch der Eure, hat uns hier nach so langer Trennung wieder zusammengeführt.

Toni. Wir sind ja Alle so glücklich darüber.

Schallinger. Außerordentlich! — Wir haben ja Alles liegen und stehen lassen!

Peter. Es kommt nun darauf an, unser Zusammen=leben dauernd zu einem angenehmen und glücklichen zu ge=stalten.

Schallinger. O, was an uns liegt —

Alma. Wir sind ja so bescheiden in unseren Ansprüchen.

Johannes. Du hast bereits (Geberde) schriftliche Beweise.

Peter. Ihr sollt sehen, wie schön ich Alles einge=richtet hab'.

Schallinger. Da bin ich aber neugierig. (Schenkt sich ein.)

Johannes. Er scheint Ihnen aber doch nicht zu sauer, Herr Schwager.

Schallinger. Sie sind mir doch nicht neidisch, Herr Steueramts=Controlleur?

Toni (zu Schallinger). Nun laß das doch einmal.

Schallinger. Ich kann doch Deinen Bruder nicht kränken. (Trinkt.)

Peter (mit einem Anlauf). Also, ich habe bei Friedrichs=hagen ein großes Gut erstanden — da wollen wir Alle zusammen leben und wirthschaften und eine glückliche Familie bilden.

Schallinger. Auf'n Dorf!?

Peter. Ist ja ganz in der nächsten Nähe von Berlin.

Susi (freudig). Ein Gut? Da ist auch wohl ein großer Garten dabei?

Peter. Freilich — ein ganzer Park!

Susi. Das ist schön — da können wir den ganzen Tag im Garten sein, Mama.

Toni (freudig erregt). Sei doch nur ruhig, Susi, und hör' erst den Onkel.

Peter. Na, was sagt Ihr — ist das nicht eine glück=liche Idee?

Johannes (aufrichtig). Gewiß, das ist schön von Dir.

Alma (übertreibend). Das ist ja wunderbar — aber

Schallinger. Das — das ist außerordentlich schön - aber was soll'n wir denn dort?

Peter. Was wir sollen? — Mein guter Hans, der wird mit den Seinen der verdienten Ruhe genießen?

Johannes. Erlaube — ich könnte mich doch auch nützlich machen. Du weißt ja — (Geberde) das versteh' ich.

Peter. Das mach' für Dich als Zeitvertreib. Wir andern werden arbeiten, jeder nach seinen Kräften, und uns unseres Lebens freuen. Ich werd' mich der inneren Wirthschaft annehmen — Haus und Garten — und was ich sonst versteh'. Sie, Schwager, (zu Schallinger) Sie werden der Ziegelei und Brennerei vorstehen — das ist ja was für Sie — und der Franz, der Fellner —

Schallinger }
Alma   } (zugleich). Der Fellner!?

Peter. Versteht sich, der Fellner, der eigentliche Sachverständige, der wird der Verwalter des Ganzen, der uns Alle dirigirt.

Schallinger } (sich verständnißvolle Blicke zuwerfend). Der
Alma   } Fellner!

Peter (innerlich lachend). Dann — dann wird ja hoffentlich auch bald eine Frau Verwalterin einziehen.

Schallinger. } Selbstverständlich!
Alma.   }

Peter (seelenvergnügt). Was sagt Ihr — ist's so recht?

Toni und Susi (kommen hinter Peter's Stuhl, umarmen ihn).

Toni. Es ist ja Alles gut, was Du denkst und thust.

Susi. Lieber guter Onkel! (Nimmt Peter beim Kopf und drückt ihm einen herzhaften Kuß auf.)

Johannes (drückt Peter die Hand). Lieber Bruder — wir sind Dir ja so dankbar!

Alma (ist aufgestanden und reicht ihm über den Tisch die Hand; emphatisch). Herr Schwager — Sie sind — (Thränen unterdrückend) ich habe keine Worte.

(Fast zugleich.)

Peter (bewegt). Das ist der schönste Augenblick meines Lebens!

Schallinger (der Peter auch die Hand geschüttelt). Na — da wären wir denn Alle glücklich — aber die Hauptsache —

Als Manuscript gedruckt.

Toni. Du wirst doch nicht mit Aber kommen —

Schallinger. Ich mein' ja — mit dem Verwalter —

Alma. Ja — mit dem Verwalter —

Peter (pfiffig lächelnd). Ja, das ist natürlich die Hauptsache! (Nimmt aus der Mappe mehrere Karten heraus.) Hier hab' ich die Pläne und Grundrisse — (giebt Johannes eine Karte, Alma zieht sie hastig an sich). Da kann Jeder sehen, wo er künftig hausen wird. Sobald die Kinder zurück sind und der Fellner, fahren wir hinaus. Die Wagen sind schon bestellt.

Alma. Wo sollen wir denn wohnen?

Peter (auf die Karte zeigend). Da in dem Seitenflügel — das hübsche Parterre mit der Aussicht auf den Park!

Johannes. In dem Hinterhaus!?

Alma (immer in die Karte vertieft). Parterre!? Ist es da nicht sehr feucht!?

Peter. Warum nicht gar —

Alma (deutet auf den Plan). Wer wohnt denn dann in dem großen Vordergebäude?

Peter. Das ist nicht so gefährlich mit dem Vordergebäude — das liegt nach der Landstraße — da werden wir hausen — ich und Eva und — na (unruhig) — wo die nur bleiben?

Schallinger. Und wir, lieber Schwager — (nimmt Alma die Karte weg) Sie erlauben doch — es interessirt mich doch auch —

Peter. Du wirst da — (deutet auf die Karte) neben dem Wirthschaftsgebäude wohnen, wo auch die Bureaus sind.

Schallinger. Neben dem Stall!? (Zu Toni, die mit Susi hinter ihn getreten.) Schau mal her, Toni — (spöttisch) neben dem Stall!?

Peter. Bewahre, das ist ja die große Remise.

Alma. Müssen wir doch mit dem Hinterhaus vorlieb nehmen.

Schallinger. Da hab' ich ja gar nichts dagegen.

Johann (bissig). Freilich, weil wir's sind — wenn man Ihnen so was zumuten wollte —

Schallinger. Nun — Sie werden in Detmold auch nicht im Residenzschloß gewohnt haben.

Johannes. Und Sie in Wien —?

Schallinger. Bitte — einen ganzen ersten Stock am Kärthnerring   3000 Gulden haben wir gezahlt!

Johannes (wie oben). Aus dem eigenen Portomonaie?

Schallinger. Portomonaie —? — Was wollen Sie denn damit sagen?

Johannes. Man hat doch Beispiele —

Alma. Sei doch ruhig, Hänschen — der liebe Schwager spaßt doch nur! —

Peter. Macht doch jetzt kein solches Aufheben — Ihr werdet schon Alle zufrieden sein, wartet nur, bis wir hinaus kommen.

Susi (hat ihr Glas ergriffen und ruft ausgelassen). Der gute Onkel Peter soll leben — hoch — hoch — hoch —

Peter (stößt mit ihr an). So ist's recht, das kommt von Herzen.

Toni (nimmt Susi das Glas weg). Du — Du hast schon zu viel getrunken.

Susi. Aber Mama!

Toni. Nein, nein, Du kommst jetzt mit. (Will Susi fortführen.)

Schallinger. Aber laß sie doch.

Susi (ausgelassen lachend). Ja, jetzt wird's ja erst schön!

Toni. Du bist ja heute ganz ausgewechselt.

Susi (wie oben). Ja, heute!

Toni. Du kommst jetzt mit und — trinkst erst ein Glas Wasser.

Susi (im Abgehen, singend). „Am Rhein, am Rhein" — Hahaha! — Nein! — „O, Du mein Oesterreich — O, Du mein Vaterland!" (Mit Toni Mitte links ab.)

Peter. Das ist doch noch unverfälschte Freude.

Schallinger. Na ja — ich freu' mich ja auch — aber nun woll'n wir doch erst wegen dem Fellner — das ist doch entscheidend —

Johannes. Richtig, Peter, Du sagtest ja —

Alma. Mein Mann sagte mir, Sie wollten heute im Familienrath —

Peter. Natürlich — das ist ja eigentlich der Schluß=stein meines Gebäudes. — Daß die gerade heute —

Als Manuscript gedruckt.

19 Scene.

Peter. Schallinger. Johannes. Alma. Justus.

Justus (von Mitte rechts). Die Wagen sind vorgefahren.

Peter. Schon? Und der Fellner — (Zu Justus.) Hast Du den Fellner nicht gesehen.

Justus. Der ist vorhin an mir vorbeigelaufen — ich sollt' Ihnen, wenn Sie nach ihm fragen, nur sagen — er ließe sich entschuldigen —

Alma und Schallinger (werfen sich einen Blick des Verständnisses zu).

Peter (der ihn auffängt, mißtrauisch stutzend). Das ist aber merkwürdig. — Na — und die Eva?

Alma. Und meine Clementine!

Justus. Fräulein Clementine hab' ich eben kommen sehen —

Peter (zerstreut und aufgeregt). So? — na, dann — dann bring' mir derweil meine Sachen!

Justus. Gleich, Meister. (Mitte rechts ab.)

Peter (wie oben). Ich will doch selbst einmal sehen wegen dem Feüner. (Will abgehen.)

Johannes (hält ihn auf). Aber wir wollten doch die Hauptsach' —

Peter. Das machen wir schon draußen ab. — Macht Euch nur einstweilen fertig.

Alma. Komm', Hänschen — (drängt den Zögernden in die Thüre Seite rechts I). Geh' nur.

(Johannes ab.)

Schallinger (Peter in den Weg tretend). Erlaub' 'mal, lieber Schwager, ich mein', wir sollten doch erst —

20. Scene.

**Peter. Schallinger. Alma. Clementine. (Dann) Justus.
Johannes. Gertrud. Dienstmann.**

Clementine (kommt eilig durch die Mitte rechts). Gott sei Dank, daß ich wieder hier bin.

Alma (kehrt rasch um). Da ist ja unser Tinchen.

Peter. Wo ist denn die Eva?

Clementine (spielt die Befangene). Ach, lieber Onkel, ich hab' ja nicht gewußt, um was es sich handelt — der Herr Eugen hat mich verführt — (stockt).

Schallinger. Aber Fräulein Clementine!

Alma. Sprich doch!

Peter (erregt). Was ist denn mit dem Eugen — und wo ist denn die Eva?

Clementine. Sie ist mit dem Herr Eugen —

Peter. Ich denk, Ihr seid in der Ausstellung?

Clementine. Ja — der Herr Eugen —

Schallinger. Na, so sagen Sie doch endlich — geniren Sie sich nicht, wir sind ja lauter Erwachsene —

Alma (gereizt). Herr Schwager!

Peter. Ist denn ein Unglück passirt?

Alma. So sag' doch Tinchen —

Clementine. Die Eva ist mit dem Herrn Eugen in's Theater gegangen —

Schallinger (enttäuscht). Das ist Alles!?

Peter. In's Theater!?

Clementine. Wo der Herr Eugen heut Nachmittag auftritt —

Peter. Er spielt Theater!?

Schallinger. Na ja!

Clementine. Und wo sich auch die Eva vorher hat prüfen lassen.

Peter. Prüfen lassen? — Ja — zu was denn?

Clementine. Sie will doch zum Theater gehen!

Peter (starr). Meine Tochter zum Theater?!

Schallinger. Ja, hast Du denn von dem Allem nichts gewußt?

Peter. Ja, wißt Ihr denn darum!?

Alma. Ich hab' ja meiner Clementine gleich gesagt, sie soll sich mit der Theatergeschichte nicht einlassen.

Peter. Und da habt Ihr mir nichts davon gesagt!? (Außer sich.) Das ist ja — nun weiß ich auch, warum der Fellner —!

Alma (zu Clementine). Geh — Tinchen — es ist besser --

Clementine. Ach ja! (Geht rechts I ab.)

Justus (kommt mit Hut und Stock). Hier, Meister, Ihr Hut —

Peter (barsch). Ich brauch' keinen Hut mehr.

Justus. Aber den Stock.

Als Manuscript gedruckt.

Peter (bitter). Ja, den Stock — damit ich wieder auf die Wanderschaft gehen kann.

Schallinger. Aber, lieber Schwager, Du mußt die Sache nicht so tragisch auffassen.

Peter. Ich soll wohl auf meine alten Tage als Theater=vater herumziehen!

Alma. Nun, man kann doch schließlich sein Kind nicht zu etwas zwingen —

Schallinger. Jeder will doch auf seine Art glücklich werden.

Peter (bitter). Ja, das sehe ich.

Alma. Und der Fellner bleibt ja darum doch in der Familie —

Schallinger. Den Trost hast Du ja doch durch uns

Alma (schmeichelnd). Ihre lieben Verwandten!

Peter (Alma und Schallinger messend — ironisch). Bleibt in der Familie!? — Ja, jetzt versteh' ich Euch erst ganz! — Ich bin doch ein Glückspeter!

Schallinger. Na schau — das ist vernünftig.

Peter (höhnisch). Ich dank' Euch, meine lieben Verwandten, für Eure Theilnahme — aber jetzt laßt mich —

Schallinger. Wenn Du durchaus willst —

Johannes (von I rechts im Havelock mit Hut und Familienschirm, zieht sich die Handschuhe an). Lieber Bruder — ich bin gleich fertig.

Peter. Brauchst Dich nicht zu beeilen.

Schallinger (für sich). Ja, jetzt gehen wir nicht mehr auf's Dorf.

Johannes (zu Alma). Was ist denn?

Alma (zu Johannes triumphirend). Jetzt ist uns der Fellner sicher.

Gertrud (kommt mit Packeten und Cartons beladen von Mitte rechts — hinter ihr ein Dienstmann, ebenfalls mit Packeten). Das ist eben für den Herrn Schallinger angekommen.

Schallinger (freudig). Ah, das kommt grad' recht für die Susi — geben Sie nur her — (nimmt Gertrud rasch die Sachen ab — im Abgehen nach Mitte links rufend) Toni — Susi — Eure Sachen! (Der Dienstmann folgt ihm.)

Johannes. Aber lieber Bruder —

Alma. Komm nur, Hänschen, der Schwager will allein sein. (Zieht den widerstrebenden Johannes mit sich Seite rechts I ab.)

Peter (zwischen Gertrud und Justus stehend, bitter lachend). Allein!

Justus. Wir sind ja noch da, Meister!

Gertrud (weich). Ja, Herr Heinefetter.

Peter (sich aufrichtend). Und ich auch! So leicht unterkriegen läßt sich der Peter nicht. — Jetzt will ich zunächst mal für mein Glück und meine Ruhe sorgen. (Zu Justus.) Meinen Hut, Justus!

Justus (giebt ihm den Hut, reicht ihm den Stock, grimmig). Und den Stock!

Peter. (setzt den Hut auf — nimmt den Stock.) Ja — den Stock! — Jetzt will ich zum Rechten sehen! (Wendet sich zum Abgehen.)

(Der Vorhang fällt).

Dritter Akt.

Dieselbe Dekoration.   Spielt den anderen Tag Mittags.

1. Scene.

Justus.   Alma.

Die Bühne bleibt einen Augenblick leer, dann tritt Justus (von Seite rechts II auf und will Mitte rechts abgehen).

Alma (ist zu gleicher Zeit spähend von Seite rechts I aufgetreten, ruft Justus nach). He, Justus!

Justus (stehenbleibend, brummig). Sie wünschen, Frau Steueramts=Controlleurin?

Alma (heimlich). Ist mein Schwager noch immer nicht beiwege?

Justus (wie oben). Nein — er will Niemand sehen und sprechen.

Alma. Das ist ja unheimlich. (Sehr liebenswürdig). Wissen Sie denn nicht, was seit gestern vorgegangen?

Justus. Ich hör' nur immer von Komödienspielen — und daß der Herr Eugen durchgefallen ist — aber davon versteh' ich nichts.

Alma. Ist auch Herr Fellner noch nicht hier gewesen?

Justus. O, den hat der Meister noch gestern Abend aufgesucht.

Als Manuscript gedruckt.

Alma (neugierig). So? Was hat's denn gegeben?

Justus. Da müssen Sie schon den Meister fragen — Frau Schwägerin! — Spioniren ist nicht meine Sache. (Läßt sie stehen und geht Mitte rechts ab.)

Alma. Ein rechter Kloß! Mein Mann soll 'mal gleich — (Geht an die Thür Seite rechts II und ruft hinein:) Hänschen!

Johannes (im Schlafrock und die Pfeife im Munde steckt den Kopf zur Thür heraus). Du wünschest, Almachen?

Alma. Sieh doch, daß Du endlich dazu kommst, Deinen Bruder zu sprechen.

Johannes. Ich bin schon dabei — ich kann nur meine Feder nicht finden. (Verschwindet wieder.)

Alma (kopfschüttelnd). Der Mann ist unverbesserlich. Vielleicht weiß Frau Gertrud (Seite rechts II ab.)

2. Scene.

Peter. Eugen.

Peter (mit Eugen von Mitte rechts). Du wirst hoffentlich nun kurirt sein.

Eugen. Herrjeh, lieber Onkel, so ein Durchfall ist doch schon Manchem passirt, der später noch ein bedeutender Künstler geworden — (Selbstbewußt.) Das angeborene Talent bricht sich immer Bahn.

Peter. Das Talent besteht in ehrlicher Arbeit, ohne die weder am Theater noch an der Drehbank was Rechtes zu leisten ist. Mit modernen Schlagworten im Mund und sonst nichts wird man kein großer Mann.

Eugen. Man muß aber doch seine Zeit verstehen, wenn man von ihr verstanden werden will.

Peter. Komm mir nur nicht mit solchen Phrasen. (Ein Pack Zeitungen hervorziehend.) Schau nur, wie Deine Zeit Dich versteht — Die gesammte Presse Deiner Zeit spricht Dir mit seltener Uebereinstimmung jedes Talent ab.

Eugen (verächtlich die Achseln zuckend). Die Zeitungen! Intriguen, lieber Onkel!

Peter. Aber das Publikum hat Dich doch ausgezischt.

Eugen (wie oben). Das Publikum! Intriguen!

Peter. Aber Du bist doch in einem fort stecken geblieben!

Eugen. Alles Intriguen!

Peter. Na, dann muß ich mich schon an den Fachmann halten, auf den Du Dich berufen und der auch die Eva geprüft hat.

Eugen. Du hast ihn gesprochen?

Peter. Ja, ich bin gewohnt, immer auf den Grund zu gehen. So leicht laß ich mich nicht unterkriegen.

Eugen. Siehst Du, Onkel, das ist auch meine Art.

Peter. Dann ist ja noch Hoffnung vorhanden, daß Du noch in einem anderen Beruf ein brauchbarer Mensch wirst. Mein Gewährsmann meint, solches Schauspielerproletariat hat das Theater genug, da brauchten sie nicht auf Euch zu warten.

Eugen. Aber mein unwiderstehlicher Drang —

Peter. Den wirst Du Dir eben abgewöhnen müssen. Die Eva hat sich ja auch so was eingebildet, aber Dein Durchfall von gestern hat sehr zu ihrer gründlichen Heilung beigetragen. Um deswillen verzeih ich Dir auch, was Du an ihr und mir verschuldet hast. — Jetzt geh' auf Dein Zimmer und lies ein vernünftiges Buch, aber nicht wieder so'n modernes, ein gut klassisches — „Rothschild's Taschenbuch für Kaufleute" —

Eugen. Ach, Onkel, wenn man so aus allen Himmeln gerissen wird — (Im Abgehen.) Ich komme mir eigentlich recht albern vor.

Peter. Selbsterkenntniß ist der erste Schritt zur Besserung. (Eugen Mitte rechts ab; Peter geht nach Seite links und ruft zur Thür hinein.) Nun — Eva!

3. Scene.

Peter. Eva.

Eva (verschüchtert von Seite links). Lieber Vater? (Näher tretend.) Ist meine Haft zu Ende?

Peter. Komm' nur.

Eva (sich an ihn schmiegend). Sag' nur, daß Du mir wieder gut bist.

Peter. Da Du wieder vernünftig bist —

Eva. Ach, ich schäme mich ja so.

Peter. Brauchst Dich deshalb nicht zu schämen.

Eva. Es lag ja doch die ganze Zeit wie ein Alp auf mir.

Als Manuscript gedruckt.

Peter. Dann sei froh, daß Du aus dem bösen Traum geweckt worden.

Eva. Der Eugen ist an Allem schuld, er hat mich in meiner Einbildung bestärkt.

Peter. Der scheint ja nun auch geheilt, aber noch ein wenig angegriffen von der Kur.

Eva. Ich erinnere mich mit Schrecken an sein Auftreten gestern. Und erst die Zeitungen heute! — Ich würde mich nie mehr unter die Menschen trauen, wenn so was über mich gedruckt worden wäre.

Peter. Ja, dazu muß man Beruf haben.

Eva (verlegen). Und — Franz?

Peter. Der Vielumworbene?

Eva. Der Vielumworbene!?

Peter. Ja, der hat jetzt die Wahl zwischen Deinen beiden Cousinen. Ich weiß nicht, was der nach Allem denkt! Der ist wohl für Dich und mich verloren.

Eva. Nein, Vater, ich will ihn Dir wiedergewinnen, warum sollst Du ihn meinetwegen verlieren?

Peter. Und Du?

Eva. O, ich komm' doch nicht mehr in Frage.

Peter (lächelnd). Bist Du wirklich so uneigennützig?

Eva (an seinem Halse). Ich hab' ja nur an Dir gut zu machen — das will ich — und wenn ich darüber eine alte Jungfer werden sollte.

Peter. Nun, da hat's ja noch 'ne Weile hin. — Ich glaube, der Franz hat Dir noch was zu sagen, eh' er unser Haus verläßt.

Eva (erschreckt). Er will uns verlassen?

Peter (achselzuckend). Ja! (Herzlich.) Nun, mein Trost ist, daß ich Dich wiedergewonnen hab, und nicht wahr, nun bleibst Du mir auch für immer?

Eva (ihn wieder umarmend). Ich könnte ja nicht leben ohne Deine Liebe.

Peter. Dann ist ja Alles gut. Nun geh' und warte ab, bis die Erlösung kommt. (Führt Eva nach Seite links.)

Eva. Da werd' ich lange warten können. (Unter Thränen.) Ach, ich bin recht unglücklich! (Seite links ab.)

Peter (sich die Hände reibend). Na, dann kann ja noch Alles gut werden!

4. Scene.

Peter. Susi.

Susi (kommt vorsichtig von Mitte links und will nach Seite links gehen, begegnet Peter, verlegen). Ah — Onkelchen!

Peter. Nanu, Susi, wohin? — Du hast ja ganz verweinte Augen?

Susi (stürzt sich an seine Brust, unter Thränen). Ach, lieber Onkel, ich bin so unglücklich!

Peter. Du auch!?

Susi. Mama und Papa sind so sonderbar — und Alles im Haus — man sieht sich ja gar nicht mehr — das ist ja ordentlich ängstlich.

Peter. Du brauchst doch keine Angst zu haben — Du hast doch ein gutes Gewissen.

Susi. Na ja — aber ein bissel Angst hab' ich doch. — Ich wollt schon den Herrn Onkel um Rath fragen.

Peter. Da frag doch.

Susi. Wirklich — darf ich?

Peter. Wenn Dir's um's Herz ist.

Susi. Und wie! (Sieht sich ängstlich um.) Papa spricht immer so merkwürdig vom Herrn von Fellner — und von mir — ich hab schon so viel geweint — Mama auch.

Peter. Ja, warum denn?

Susi. Wenn man solche Sachen hört — ist denn da wirklich was daran?

Peter. Das mußt Du doch besser wissen.

Susi. Na, ich hab' noch nichts gemerkt.

Peter. Du hast eben noch keine Erfahrung darin.

Susi (altklug). O, dazu hab' ich Erfahrung genug. Der Herr von Fellner, wenn er auch einmal freundlich mit mir spricht, der denkt gar nicht an mich, da müßt er anders dreinschauen.

Peter. Was Du sagst! Wie denn zum Beispiel?

Susi. Sagen wir zum Beispiel — wie der Herr von Reifenstein!

Peter. Sieh mal an! — Ich dachte immer, der wollte nichts von Dir wissen.

Susi. Das machen sie oft so — und da thut man dann auch so. Aber das schad't nicht, da wartet man halt

Als Manuscript gedruckt.

(Mit tiefem Seufzer.) Und wenn's Jahre dauert — ich hab' ja noch Zeit.

Peter. Woher hast Du denn die Weisheit?

Susi. Ist das so was Besonderes? Ich bild' mir nichts darauf ein. Das fühlt man doch.

Peter. Und beim Herrn von Reifenstein, da fühlst Du's?

Susi (verschämt, zögernd). Ja, da — da ist mir so.

Peter. Und Du meinst, daß — ihm auch so ist.

Susi. Ja, ich glaub', ihm ist auch so. (Plötzlich über ihre Offenheit erschreckend.) Aber um's Himmelswillen nichts verrathen! Ich hab' noch niemand was g'sagt — es ist ja auch noch nicht so weit.

Peter. Wo werd' ich denn ein so zartes Geheimniß verrathen! Ich bin Dir für Dein Vertrauen sehr dankar. Ich hatte über den Herrn von Reifenstein ganz andere Gedanken.

Susi. Ja, den verkennen sie Alle. Sie sagen auch, er wär' ein Gigerl.

Peter. So sieht er auch aus.

Susi. Das ist nur auswendig — aber's Herz, das ist ganz, wie's sein soll, da ist gar nichts dran auszusetzen.

Peter. Du entwickelst ja eine bewundernswürdige Menschenkenntniß. Aber sag' mal, wie kommst Du denn dazu, gerade mich zu Deinem Vertrauten zu machen?

Susi. Da müßt' Einem ja's Herz zerspringen, wenn man sich in so einer Seelenangst nicht bei irgend Jemand Luft machen könnt'. — Sie sprechen so vernünftig, lieber Onkel, daß man gar nicht anders kann — man muß Ihnen ebenso vernünftig antworten.

Peter. Nu sieh mal — ich kann Dir Dein Kompliment nur zurückgeben.

Susi. Die Anderen, die behandeln mich immer noch wie ein kleines Kind, aber man hat doch auch schon was erlebt.

Peter. Deshalb kann man aber im Herzen immer ein Kind bleiben.

Susi. Ja, so ein Kind will ich auch gern bleiben, besonders für Sie, lieber Onkel. Sie verstehen auch mit Einem umzugehen. Und nicht wahr, mit dem Fellner und mir ist's nix — den soll nur die Eva behalten.

Peter (lachend). Wenn Du glaubst.

Susi. Sie wird doch nicht immer mit dem verdrehten Eugen Klärchen spielen wollen?

Peter. Ich glaub, das haben sie wohl beide für immer aufgegeben...

Susi. Sehen Sie, lieber Onkel — daran bin ich schuld — das hab' ich ihnen gründlich verleidet! — Dafür müssen Sie aber auch dem Papa einmal meinetwegen den Standpunkt ordentlich klar machen.

Peter. Sei nur ruhig, an mir soll's nicht fehlen.

Susi (herzlich). So ist's recht, Onkelchen. (Fällt ihm um den Hals.) Dafür muß ich Ihnen ein Bussel geben — so recht von Herzen — und noch eins. (Im Abgehen.) Also nicht vergessen!

Peter. Nein, nein! (Susi rasch ab Mitte links.) Sieh mal — die Susi und der Herr von Reisenstein. Das giebt ja eine nette Ueberraschung!

5. Scene.
Peter. Schallinger.

Schallinger (von Mitte links). Endlich sieht man Dich, lieber Schwager! Ja, sag' nur, Du spielst ja ordentlich Verstecken mit uns.

Peter (wie seit Beginn des Aktes mit jener ruhigen Ueberlegenheit, mit der er Personen und Verhältnisse überschaut). Aber wir finden uns doch schließlich wieder.

Schallinger. Menschen, die sich so verstehen wie wir, das ist doch kein Wunder.

Peter. Weniger verstehen ist manchmal ein Glück.

Schallinger. Daß Dich die gestrige Ueberraschung ein bischen verstimmt hat, das ist ja begreiflich. Aber daß Du Dich uns deswegen so entziehst — ich war eben mit meiner Verstimmung im Kaffeehaus.

Peter. Ich wollt' Euch mit einer so ausschließlich mich betreffenden Sache nicht behelligen.

Schallinger. Das ist aber sehr unrecht. Wenn Du uns, Deine nächsten Verwandten, so links liegen läßt — wir wären Dir ja gerne mit Rath und That zur Seite gestanden.

Peter. Ich war ja in der Zeit nicht müßig — ich bin auch mit mir zu Rathe gegangen.

Schallinger. Na, da wirst Du ja jetzt ein Bissel ruhiger darüber denken, und wir können nun gemüthlich über die Sach' weiter reden.

Peter. Für mich ist sie eigentlich erledigt.

Als Manuscript gedruckt.

Schallinger. Das ist recht. Das hilft ja auch nichts, wenn man so mit dem Kopf durch die Wand will. — Setz' Dich doch — es plaudert sich besser. Ich hab' Dir nämlich was zu sagen. Wir sind gestern gestört worden. Du wirst auch heute mehr Verständniß dafür haben.

Peter (setzt sich mit Schallinger an den Kamin). Schon wieder was für meinen armen Verstand?

Schallinger. Gestern ist's mir noch ein Bissel schwer geworden — aber heute sind ja ganz andere Verhältnisse.

Peter. Es scheint Dir aber auch heut' nicht so leicht zu werden. Na, ich will Dir helfen. Du meinst wohl Deine Verpflichtungen gegen den Herrn von Reifenstein?

Schallinger. Ach, wegen der Bagatelle!

Peter. Ich dachte, das wär' gerad' sehr wichtig.

Schallinger. Das geht dann in Einem, wenn erst meine Susi — — Schau, lieber Schwager, wenn sich zwei Menschen finden — das ist halt Schicksal. Und wenn sich zwei Menschen nicht finden können, so gern die Andern möchten, weil sie nicht zu einander passen — das ist halt auch Schicksal — und da laßt sich nichts dagegen machen.

Peter. Das ist so weit sehr klar und einfach.

Schallinger Die Susi und der Fellner — die haben sich halt g'funden.

Peter. Die haben sich gefunden?

Schallinger. Ich weiß, Du hast andre Pläne gehabt — und wir können Dir ja nachfühlen, wie schmerzlich Dir's sein muß, daß nun mit Deiner Eva nichts draus werden kann — aber wie gesagt — (da ihn Peter ironisch lächelnd mit den Augen mißt) was schaust denn so merkwürdig drein? — Wie gesagt — das Schicksal bestimmt — die Schicksale der Menschen.

Peter. Du sprichst wie gedruckt — aber auf Gedrucktes hab' ich mich nie recht verstanden.

Schallinger. Das ist doch sehr einfach. Die Susi hat's dem Fellner angethan — und der Fellner —

Peter. Der will die Susi heirathen? (Ueberlegen lächelnd.) Nein — das ist doch —

Schallinger. Da ist doch nix zu verwundern. Meine Susi hat's schon Andern angethan. Dir kann's doch recht sein, denn da die Eva nun zum Theater geht, da wäre ja ohnedies mit dem Fellner und ihr nichts geworden.

Peter. Ja, ja —

Schallinger. Der Fellner ist doch 'ne gute Parthie?

Peter. O, ein vortrefflicher, geschickter Mensch der — (auf's Herz deutend) auch da was hat.

Schallinger. Ja, das ist schon was werth - aber weißt, wenn ich sag' eine gute Parthie, da mein' ich Einen — (auf die Tasche schlagend) der auch da was hat.

Peter. Kennst Du denn seine Verhältnisse so genau?

Schallinger (pfiffig lächelnd). Na, Du hätt'st ihm doch Deine Eva nicht geben wollen, wenn Du darüber nicht im Klaren wärst. Das ist mir genug.

Peter. Wenn Du glaubst — da wünsch' ich Dir von Herzen Glück.

Schallinger (Peter die Hand drückend). Es freut mich wirklich, daß Du Dich so schnell in die veränderte Situation gefunden hast, hab' schon glaubt, es möcht' Dich verdrießen — und Du denkst am End' wir hätten Dir den Fellner wegschnappen wollen.

Peter. Wie könnt' ich denn so 'was glauben! — Hat denn der Fellner schon bei Euch um die Susi angehalten.

Schallinger. Ja, das ist's grad', der Fellner, das ist so ein schüchterner Mensch — und dann, es wird ihm auch peinlich sein, Dir gegenüber g'rad jetzt so herauszuplatzen —

Peter (mit Beziehung). Das wär' sehr wenig zartfühlend —

Schallinger. Da wär's halt das Beste, wenn Du zuerst mit ihm reden möcht'st. Wenn er sieht, daß Du Dich so dreingefunden, da wird's ihm leichter werden, sich uns zu erklären.

Peter. Das ist ganz richtig.

Schallinger. Die Frau Schwägerin, die Alma — wirklich eine charmante Frau! - die hat mir zwar auch versprochen das Ihrige zu thun — sie nimmt ja so innigen Antheil an dem Glück unseres einzigen Kindes — aber wenn Du selbst —

Peter. Ja, das wär' jedenfalls das Beste. Da werden wir ja sehr bald erfahren, woran wir sind.

Schallinger. Wenn wir dann einen reichen Schwiegersohn haben — dann

Peter. Dann braucht Ihr mich ja nicht mehr.

Als Manuscript gedruckt.

Schallinger. Das will ich nicht gesagt haben — wir wissen ja Deine Fürsorge zu schätzen, aber ein Mann wie ich, mit den Kenntnissen und Erfahrungen, der wär' halt lieber unabhängig — und da draußen auf'm Dorf — Du mußt mir's nicht übel nehmen, ich hab' doch noch jedenfalls was vor mir —

Peter. Ich rechne immer lieber mit dem, was ich bereits hinter mir hab'.

Schallinger (schaut ihn unsicher an). Die Rechnungsart, die hoff' ich auch noch zu lernen.

Peter. Die gehört in die Elementarschul' — das holt man später schwer nach —

Schallinger. Da benutzt man halt — (Geberde des Geldzählens) die Kenntnisse der Andern — darauf beruht ja unsere ganze Entwicklung.

6. Scene.

Vorige. Johannes.

Johannes (kommt von Seite rechts I — wieder im Frack mit wichtiger Miene). Lieber Bruder — Herr Schwager — ich störe wohl — ?

Schallinger. Wir haben durchaus kein Geheimniß. Ihre liebenswürdige Frau Gemahlin ist ja meine Verbündete —

Johannes. Ich weiß, lieber Herr Schwager — meine Alma hat mir bereits Bericht erstattet — (spricht das Folgende, als ob er ein Concept vor sich hätte) und mich beauftragt meinen Einfluß auf meinen Bruder geltend zu machen, um die Angelegenheit in die richtigen Wege zu leiten. Ich bin zwar gewohnt amtliche Geschäfte nur — (Geberde ordnungsmäßig schriftlich) zu erledigen — aber dem besonderen Wunsche meiner Frau entsprechend und meinem Bruder zu lieb wollte ich bei der Dringlichkeit der Sache von der üblichen Gepflogenheit Abstand nehmen und —

Peter (ihn unterbrechend). Du kannst Dir das Concept für eine andere Gelegenheit aufsparen — ich weiß bereits Alles.

Johannes (sieht ihn einen Augenblick verdutzt an). Das freut mich wirklich, daß es mir so rasch gelungen ist, Dich von der Dringlichkeit der Sache zu überzeugen.

Peter. Darauf kannst Du stolz sein. — Was an mir liegt, Euren Wünschen zu entsprechen, soll gewiß geschehen.

Schallinger (mit großer Emphase). Schwager, Du bist wirklich ein seltener Mensch! Laß Dich umarmen! (Umarmt Peter.) Wir Wiener sind gewiß was die Gemüthlichkeit betrifft mustergiltig, aber Du — Du überragst uns noch wie der Stephansthurm ganz Wien — (zu Johann) und Sie auch, lieber Schwager, sammt Frau Gemahlin — (umarmt Johann) nicht wie der Stephansthurm, aber doch weit über meine berechtigten Erwartungen. Wenn ich sag über meine Erwartungen, so ist das schon etwas Außerordentliches, denn meine Erwartungen sind immer die höchsten. Ich will nun gleich meiner Toni sagen, wie glänzend sie sich wieder erfüllt haben. (Will gehen, bleibt nochmals stehen.) Es ist nur ein Glück, daß ich gestern noch im Kaiserbazar das Nöthige besorgt hab' und uns so die Ereignisse nicht unvorbereitet treffen, denn im kurzen Kleidel läßt sich doch so was nicht abmachen. (Rasch Mitte links ab.)

Johannes (der Schallinger mit offenem Munde zugehört). Das hätt' ich dem Schwager Schallinger gar nicht zugetraut, daß er so für uns in's Zeug gehen könnte.

Peter. Für Euch?

Johannes. Ja, meine Alma, die bringt eben Alles fertig.

7. Scene.

Peter. Johann. Alma.

Alma (von Seite rechts II, Peter erblickend). Ah, der liebe Schwager! (Mit übertriebener Freundlichkeit auf ihn zugehend.) Da sind Sie ja! Wir waren schon recht besorgt.

Peter. Das ist ja sehr lieb von Ihnen, aber es war kein Grund dafür.

Johannes. Nein, Almachen, mein Bruder ist schon ganz resignirt.

Alma. Ist's wahr, Herr Schwager?

Peter. Ja, ich seh' ein —

Alma (zu Peter, mit Ueberschwänglichkeit ihm das Wort abschneidend). Sie sind wirklich ein seltener Mensch, lassen Sie sich umarmen! (Geht auf Peter zu.)

Peter (ihr spöttisch lächelnd seine Arme öffnend). Sie haben sich mit dem Schwager Schallinger wohl verabredet, der hat mich eben auch deshalb umarmt.

Als Manuscript gedruckt.

Alma. Ja, er nimmt ja so innigen Antheil an dem Glück unseres einzigen Kinder.

Johannes. Ja, es ist rührend.

Peter. Sie wollen sagen — Sie nehmen so innigen Antheil an dem Glück seines einzigen Kindes, denn er meint doch, seine Susi und der Fellner müßten ein Paar werden.

Alma.
Johannes. } Die Susi!?

Peter. Na ja! Darüber hat er ja ein Langes und Breites mit mir gesprochen und der Bruder Hans schien doch ganz mit ihm einverstanden.

Johannes. Ich!?

Alma. Das ist ja schändlich! (Zu Johannes.) Und Du — Du hast — Du bist doch —

Johannes. Ja was denn? Ich hab' doch — (Geberde.)

Alma. Unsinn gemacht, wie immer. (Zu Peter.) Sie haben wohl falsch verstanden, lieber Schwager.

Peter (schüttelt den Kopf). Das war so deutlich, wie nur was sein kann.

Alma. Das ist ja unmöglich! Der Herr Fellner hat doch unserer Clementine einen förmlichen Antrag gemacht.

Peter. Der Schwager behauptet wieder, seiner Susi!

Alma. Meine Clementine ist doch kein Kind.

Johannes. Ja — die kennt sich doch schon aus.

Alma. Der Herr Schallinger, der lebt ja immer nur in Illusionen. Sie werden doch uns mehr glauben, als so einem Menschen, der es überhaupt im Punkte der Moral nicht besonders streng nimmt.

Johannes. Ja, im Punkte der Moral, da ist meine Frau groß.

Peter. Was meinen Sie denn mit der Moral, Frau Schwägerin?

Alma (höhnisch). Nun, wer einen solchen Hausfreund, wie den Herrn von Reifenstein duldet, der — ich begreife Sie nicht, Herr Schwager! — wenn man selbst eine Tochter hat, wie man so was mit ansehen kann.

Peter. Wegen dem Hausfreund brauchen Sie sich weiter keine Sorgen zu machen, der wird Sie nicht lange mehr geniren.

Alma. Es ist mir ja auch nur meiner Clementine wegen —

Johannes. Ja, was soll denn das Kind denken.

Alma. Es ist ein wahres Glück, daß sie endlich unter die Haube kommt.

Peter. Das sollte mir sehr lieb sein um Euretwillen.

Alma. Herr Schallinger glaubt wohl, es dreht sich Alles nur nach ihm, mit dem sollten Sie mal deutlich sprechen, Herr Schwager.

Peter (mit Energie). Ja — ich werd's ihm schon sagen, verlaßt Euch drauf. Ich werde ihm sagen, daß man nicht die Güte und Liebe seiner nächsten Verwandten, die einen gastlich aufgenommen, dazu mißbraucht, um Unfrieden zu stiften und Ränke zu schmieden, die Tochter zu unüberlegten Handlungen zu verleiten und sie mit ihrem Vater zu entzweien — nur um im Trüben fischen und sich so in leerer Großthuerei und Gefühlsarmuth einer drückend scheinenden Verpflichtung entledigen zu können. Das will ich ihm sagen — dem Schallinger! Und ich denk', er wird mich verstehen. — Das Uebrige müßt Ihr mit dem Herrn Fellner ausmachen! (Mitte rechts ab.) (Verlegenheitspause. Alma und Johannes sehen sich verwundert an.)

Alma. Ich glaube, Dein Bruder ist anzüglich geworden.

Johannes. Ja, er hat's dem Schallinger einmal ordentlich gesagt.

8. Scene.

Vorige. Schallinger.

Schallinger (kommt vergnügt von Mitte links). So, jetzt kann er kommen. Frau Schwägerin — Herr Schwager — es ist Alles in schönster Ordnung.

Alma (zu Schallinger). Ja, nun wissen wir endlich, woran wir sind.

Johannes. Mein Bruder hat uns darüber aufgeklärt.

Schallinger (der nicht versteht). Ja, der ist ja von einer Opferfreudigkeit — meine Toni meint zwar noch immer, er könnt's falsch auffassen.

Alma. O, der weiß jetzt ganz genau, was er von Ihnen zu halten hat — und wir auch!

Schallinger. Das ist ja sehr schmeichelhaft für mich. Bei meiner angeborenen Bescheidenheit und Zurückhaltung —

Alma. Mit der Sie (Peters Worte von vorhin wiederholend) die Güte und Liebe Ihrer nächsten Verwandten mißbrauchen —

Johannes. Ja, und Unfrieden stiften und Ränke schmieden —

Schallinger (ganz perplex). Was meinen Sie denn?

Johannes. Und die Töchter verwechseln —

Alma. Um im Trüben fischen zu können.

Schallinger. Von wem sprechen Sie denn?

Alma. Glauben Sie, wir wissen nicht, daß Sie uns den Fellner abspänstig machen wollen für das Kind, Ihre Susi?

Johannes. Die soll in die Schule gehen, aber nicht an's Heirathen denken.

Alma. Aber Sie irren sich, der Herr Fellner ist meiner Clementine sicher. Wir haben sein Wort und der Schwager Peter ist ganz damit einverstanden.

Johannes. Und wir geben unseren Segen.

Schallinger (schaut abwechselnd Johannes und Alma ängstlich an). Ist Ihnen vielleicht nicht recht wohl?

Alma. Was wollen Sie damit sagen?

Schallinger. Sie scheinen plötzlich von einer fixen Idee befallen —

Alma (einen Schritt auf ihn zugehend). Herr Schallinger!

Schallinger (zurückweichend, ängstlich). Nein, nein, ich hab' mich nur gewundert, Sie waren früher doch anderer Meinung.

Alma. Ja, Sie verstanden meine Unerfahrenheit zu mißbrauchen!

Schallinger (für sich). Da darf man nicht widersprechen. (Zu Alma.) Wissen Sie, Frau Schwägerin, wir brauchen uns ja gar nicht zu ereifern, der Herr Fellner wird am Besten wissen, ob er die Susi oder Ihre Clementine zur Frau haben will — das kann ich mit Ruhe abwarten.

Alma. Ja, der wird sich durch leere Schönthuerei —

Johannes. Und Gefühlsarmuth —

Alma (zu Johannes). Sei still! (Im Eifer fortfahrend.) Hinter der sich nur Gefühlsarmuth verbirgt, nicht verblüffen lassen!

Schallinger (auffahrend). Meinen Sie etwa —?

Johannes. Wir meinen nur so im Allgemeinen.

Alma. Sehen Sie doch, daß Ihr Hausfreund, der Herr von Reisenstein, Ihre Susi nimmt, die passen viel besser zusammen, und das würde auch dem Ruf Ihrer Familie sehr zuträglich sein.

Schallinger (wieder erregter). Was kümmern Sie sich um den Ruf meiner Familie?

Alma (auf ihn zugehend). Weil Sie sich in die Angelegenheiten unserer Familie drängen und das Glück derselben stören wollen.

Schallinger. Ich hab' mich nie um das Glück anderer Leute gekümmert — das kann mir Niemand nachsagen — und meinetwegen kann Ihre Clementine den Vizekönig von China heirathen, wenn er sie will.

Alma (vergebens nach Worten ringend). Das ist ja — das — das — (Zu Johannes, wüthend.) So sprich doch, Johann!

Johannes (der sich ängstlich zurückgezogen). Sprechen, das ist doch Deine Sache.

Alma. An Dir hab' ich eine schöne Stütze. (In Thränen ausbrechend.) Ich arme verlassene Frau —

Johannes. Aber Almachen —

Alma (plötzlich auf Schallinger losgehend). Aber Sie sollen erfahren, was eine beleidigte Mutter vermag —

Schallinger (retirirend). Erlauben Sie — Sie werden doch nicht —

Johannes (sich hinter Alma stellend, drohend). O ja, Herr Schwager, wir werden — wir — (Zu Alma.) Was werden wir denn, Almachen?

9. Scene.

Vorige. Franz.

Franz (tritt Mitte rechts ein).

Schallinger
Alma } (beide plötzlich mit freundlicher Geberde auf ihn zugehend, nehmen ihn in die Mitte). Da ist ja der Herr Fellner.

Franz (immer sehr befangen). Herr Heinefetter sagte mir, daß Sie mich zu sprechen wünschten —

Alma
Schallinger } (zugleich.) Jawohl Herr Fellner.

Alma. In einer sehr wichtigen Familienangelegenheit.

Schallinger. Erlauben Sie, Frau Schwägerin.

Alma. Sie werden mir wohl das Wort gestatten.

Schallinger. Sie kennen ja meine Galanterie — ich kann's ja abwarten.

Als Manuscript gedruckt.

Johannes (immer hinter Alma). Nur immer den Anstand bewahren, Almachen.

Alma. Sie haben meiner Clementine einen Antrag gemacht —

Franz. Einen Antrag?

Alma. Ja, einen Heirathsantrag.

Johannes. Wie man sagt — wir fühlen uns zwar sehr geehrt, aber —

Alma. Wir erwarten nun Ihre Erklärung.

Johannes. Ja, Ihre officielle Erklärung.

Franz. Ich bedaure — Fräulein Clementine muß mich mißverstanden haben.

Alma (entsetzt). Mißverstanden!?

Schallinger. Nun sehen Sie, Frau Schwägerin, die Sach ist schon erledigt.

Alma (mit einem vernichtenden Blick auf Schallinger, der dadurch eingeschüchtert wird). Mißverstanden? — So was ist doch nicht mißzuverstehen!

Franz. Wenn ich durch mein Verhalten unbewußt zu einem so peinlichen Mißverständniß Anlaß gegeben, so bitte ich mir zu verzeihen.

Alma. Sie verleugnen meine Clementine? (Mit sanftem Vorwurf.) Oh, Herr Fellner, darauf mag Ihnen das Kind selbst antworten. (Zu Johannes.) Hol' doch Tinchen.

Johannes. Ja, confrontiren wir sie. Aber nur einstweilen Deine Würde bewahrt, Almachen! (Schnell Seite rechts I ab.)

Franz. Sie setzen mich in eine unverdiente Verlegenheit, Frau Heinefetter.

Schallinger. Machen Sie sich darüber keinen Kummer, Herr Fellner. So was kann vorkommen. Ich weiß ja, daß Sie ganz andere Absichten haben — meine Susi hat Sie verstanden.

Franz. Ihr Fräulein Tochter? Aber ich bitte Sie, Herr Schallinger, es ist mir ja nie eingefallen, Ihrem Fräulein Tochter —

Alma (höhnisch). Nun, Herr Schwager —!?

Schallinger. Nicht eingefallen! — Ja, wen meinen Sie denn nun eigentlich?

Franz. Ich denke noch immer, Fräulein Eva —

Alma. } Die Eva!? Und unserem Kind machen
Schallinger. } . Sie Anträge?
Alma. Das ist ja schändlich!

Franz. Ich bin vielleicht nicht ganz ohne Schuld in diese peinliche Lage gekommen, aber gewiß ohne Absicht, denn ein armer Teufel wie ich, der kann doch nicht daran denken —

Alma. } Arm??
Schallinger. }

Franz. Ich habe doch nichts als mein Wissen und Können.

Alma. } Sonst nichts?
Schallinger. }

Franz. Wenn das nichts ist, dann bin ich in Ihren Augen freilich ein sehr überflüssiges Geschöpf — Sie verzeihen.

Schallinger. Wir wissen jetzt, was Sie können — unschuldigen Mädchen den Kopf verdrehen —

Alma. Und ehrbare Familien in Unfrieden bringen.

Schallinger } (zugleich). Frau Schwägerin —
Alma } Herr Schwager — (reichen sich
versöhnt die Hände) — das wollen wir dem Schwager Peter gedenken!

Franz. Herr Heinefetter ist gewiß an Allem schuldlos. Ich weiß, daß nur meine Ungeschicklichkeit die ganze Verwirrung angerichtet hat — also —

Schallinger. O wir treten gern zurück.

Alma. Wir wollen Ihrem Glück nicht im Wege stehen.

Franz (ironisch). Sie sind zu gütig. — Du lieber Gott — jeder Mensch hat ja seine Schwächen, sonst wäre es ja nicht so weit gekommen. — Ich bin Ihnen ja schließlich zu großem Dank verpflichtet, denn ohne Ihre und Fräulein Clementinens freundliche Vermittlung, wäre ich unbeholfener Mensch wohl nie zur richtigen Erkenntniß gekommen. — Ersparen Sie mir das Weitere — und nochmals Verzeihung. — (Geht Mitte rechts ab.)

Schallinger (nach einer kleinen Pause). Ich bin sprachlos.

Alma. Der Mensch verspottet uns auch noch. Aber daran ist nur der Schwager Peter schuld.

Schallinger. Ja — mit einem Menschen, der nichts hat, ein solches Aufheben zu machen.

Als Manuscript gedruckt.

Alma. Meine arme Clementine! Es hätt' ja das größte Unglück geben können.

Schallinger. Ich muß nur gleich meiner Toni sagen, daß ich der Geschicht' ein End' gemacht hab'. Nichts für ungut, Frau Schwägerin. Machen Sie's wie ich. Man muß immer auf der Höhe der Situation bleiben — ich hab' schon meine Projekte. (Rasch Mitte links ab.)

10. Scene.

Alma. Johanna. Clementine.

Johannes (von Seite rechts I; Clementine folgt ihm zaghaft). Komm' doch nur, Du bist ja schön genug.

Clementine (man sieht, daß sie sich herausgeputzt hat; Alles zusammengestoppelt). Ja aber, wenn der Herr Fellner —

Alma (zu Clementine). Du kannst schon wegbleiben. Du hast Dich wieder schön blamirt.

Clementine. Aber Mutter —

Alma. Da ist es schwer Mutter sein, wenn man eine Tochter hat, die ihrer Aufgabe so wenig gewachsen ist.

Johannes. Ja, wie ist's denn nun mit dem Bräutigam?

Alma. Wie mit Allem, was Ihr in die Hand nehmt — nichts ist's!

Clementine (wirft sich an Johannes Brust). Ach, ich bin doch ein recht unglückliches Geschöpf!

Johannes (theilnehmend). Ja, Du Unglückswurm. (Zu Alma.) Aber wir haben doch immer nur gethan, was Du wolltest.

Alma. Schweig! Du bist gerade wie Dein Bruder, Du kannst nur andere Menschen unglücklich machen.

Johannes (gereizt). Höre, Alma, ich bin gewiß ein geduldiges Schaf — (Zu Clementine.) Geh' nur, Tinchen, Du brauchst nicht Alles zu hören. (Drängt Clementine nach Seite rechts I; Clementine ab.)

Alma. Ja, was soll denn das?

Johannes. Aber was zu viel ist, ist zu viel! — Alles schiebst Du mir in die Schuhe. Ich muß immer der Sündenbock sein, wenn Deine Anschläge mißlingen. Ich bin fürstlich Lippe'scher Steueramts-Controlleur, und habe meine Amtsgeschäfte immer auf das pünktlichste (Geberde) erledigt, aber auf mündliche Verhandlungen versteh' ich mich einmal nicht —

und — und ich lasse mich auch nicht weiter von Dir dazu mißbrauchen.

Alma (starr vor Erstaunen). Aber, Hans, Du bist ja aus Rand und Band!

Johannes (kläglich). Nun ja. Wenn man sein ganzes Leben lang sich immer in solchen elenden Verhältnissen herumgedrückt hat, da verliert man ja schließlich alle Haltung. Mach' was Du willst, aber laß mich aus dem Spiel. Ich kann mein Leben doch nur (mit Geberde) ordnungsmäßig schriftlich beschließen! (Rasch Seite rechts ab.)

Alma. Jetzt haben sie mir auch noch meinen Mann verdorben!

11. Scene.

Alma. Gertrud. (Gleich darauf) von Reifenstein.

Gertrud (hastig von Mitte rechts). Entschuldigen Sie, Frau Steueramts=Controlleurin, der Herr von Reifenstein will durchaus die Frau Schallinger sprechen — und ich soll ihn doch nicht mehr vorlassen.

Alma (höhnisch). Der Herr von Reifenstein! Der Hausfreund?

Gertrud. Er ist so sonderbar aufgeregt —

Alma. Lassen Sie ihn nur herein — den will ich schon bedienen.

Gertrud. Ich bin aber unschuldig daran, Frau Steueramts=Controlleurin. (Oeffnet die Thüre und läßt Reifenstein eintreten, dann Mitte rechts ab.)

Alma. Da kann ich einmal meinem Herzen Luft machen.

Reifenstein (tritt rasch ein. Er hat auf seinem weißen Cylinder einen auffallend breiten Trauerflor, ebenso an seinem linken Arm; in der Hand wieder ein Brustbouquet, in seinem Hut verborgen ein Veilchensträußchen). Tschau! (Sich korrigirend.) Gnä' Frau — küß' die Händ' — sehen mich in Verzweiflung — muß Frau von Schallinger sprechen — läßt mich abweisen.

Alma (bissig). Ja, diese Rücksicht ist uns die Frau Schwägerin schuldig. Bei sich zu Haus, da kann sie das ja halten, wie sie will, aber wenn man mit andern anständigen Familien, die auch Töchter haben, unter einem Dache wohnt — Sie werden mich wohl verstehen?

Als Manuscript gedruckt.

Reifenstein. Schon wieder verstehen? — (Will sagen, sich empfehlen.) Keine Idee — hab' auch nicht Zeit dazu.

Alma. Das kann ich Ihnen sehr schnell begreiflich machen — das Institut der Hausfreunde kennt man bei uns nicht.

Reifenstein. Komme ja nicht als Hausfreund — ist ja Ereigniß eingetreten — bin sehr glücklich — eh (sich korrigirend) untröstlich.

Alma (aufmerksam geworden). Ein Ereigniß?

Reifenstein. Telegramm bekommen — liebe Tante — (mit trauriger Miene) hat Jammerthal verlassen.

Alma (mit plötzlich verändertem Ton). Die Erbtante?

Reifenstein (mit zurückgehaltenem Lächeln). Bin jetzt gute Partie.

Alma (außerordentlich freundlich, die Theilnehmende spielend). Warum haben Sie denn das nicht gleich gesagt?!

Reifenstein. Dachte, müßten mir's ansehen.

Alma. Sie denken sich nun eine Frau heimzuführen?

Reifenstein (freudig). Ja, — kann's gar nicht erwarten.

Alma. Ja, wer sich beim Freien zu lange besinnt — kommt meist gar nicht dazu.

Reifenstein (wie oben). Nicht wahr?

Alma (übertrieben höflich). Aber bitte — so setzen Sie sich doch einen Augenblick.

Reifenstein. Setzen?

Alma. Ich will nur sehen, ob mein Mann, der fürst= liche Steueramts=Controlleur, und meine Clementine, das liebe Kind —

Reifenstein (ihr ins Wort fallend). Will doch Frau von Schallinger erklären — daß Umstände eingetreten sind.

Alma (lächelnd). Verstehe. Wenn man auf Freiersfüßen geht, da muß man dergleichen abbrechen. Aber wenn Sie uns die Ehre geben wollen — das wird für Frau Schallinger deutlich genug sein.

Reifenstein. Aber gnä' Frau —

Alma. Gedulden Sie sich nur einen Augenblick — wir sind eben so beschränkt — gleich wieder zu Ihren Diensten (im Abgehen) da wäre ja Ersatz — und mit dem wird's gehen. (Rasch Seite rechts I ab.)

Reifenstein. Eine sehr eine liebenswürdige Frau — aber unangenehm. (Sieht sich vorsichtig um.) Jetzt schnell — (Wendet sich nach der Thüre Mitte links, wo im selben Augenblick Toni und Schallinger heraustreten, Reifenstein tritt zurück und setzt sich in Positur.)

12. Scene.

Reifenstein. Schallinger. Alma.

Toni (zu Schallinger). Du bringst uns noch Alle in's Unglück mit Deinen Projekten.

Schallinger. Aber schau, Toni, das kann ja noch Alles werden mit dem Peter.

Reifenstein (tritt feierlich vor). Gnä' Frau — lege mich zu Füßen   Tschau Pepi!

Toni   } Sie, Herr von Reifenstein — ich dachte —
Schallinger } Du, Freunderl?

Reifenstein. Mich los zu sein? Bedaure.

Toni (zu Schallinger). Das hätt'st Du ordnen sollen, statt all' dem Unsinn.

Schallinger (zu Toni). Wird ja gemacht! (Zu Reifenstein verlegen.) Du wirst schon entschuldigen, ich bring' Dir das Bewußte noch heut' in's Hotel.

Reifenstein. Beleidigst mich, Pepi!

Toni. Mein Mann hat nur vergessen (will sich empfehlen).

Reifenstein. Aber, gnä' Frau — (nimmt die Mitte und überreicht ihr den Blumenstrauß) Erlauben!

Toni (den Strauß zögernd aus seiner Hand nehmend). Sie haben mich gestern wohl nicht verstanden —

Reifenstein. Sind ja heut' ganz andere Verhältnisse, lassen Sich nur endlich sagen —

Schallinger. Ich denk', Du wollt'st verreisen — zu Deiner Tant'?

Reifenstein. Wird untröstlich sein, daß zu spät' komm' —

Schallinger. Zu spät?

Reifenstein. Hab' freudige Trauerbotschaft — eh — traurige Freudenbot eh — (mit Jammerton) Trauerbotschaft erhalten (deutet auf seinen Flor).

Schallinger. Ja, jetzt seh' ich ja erst —

Reifenstein (mit trauriger Miene und bewegter Stimme). Gute Tante hat's nicht erwarten können — war halt alt —

Als Manuscript gedruckt.

Schallinger. Das ist freilich was anders — da gratulir' — (besinnt sich — übertrieben condolirend) mein aufrichtiges Beileid!

Toni. Nehmen Sie sich's nur nicht zu sehr zu Herzen.

Reifenstein. Kannte ja gute Tante gar nicht — bin ihr aber doch sehr dankbar.

Schallinger (mit plötzlich verändertem Ton, ihn unter den Arm fassend). Nun also, Freunderl, was willst denn nun anfangen?

Toni (vorwurfsvoll). Aber Pepi!

Schallinger. Na, was ist denn dabei, — das ist ja ganz natürlich

Reifenstein. Jetzt kommt doch Hauptsache —

Schallinger. Ja, jetzt können wir ja was unternehmen.

Reifenstein. Ja — sehr kühnes Unternehmen, (mit einem Anlauf —) möchte um Fräulein Susi anhalten —

Schallinger. Um unsere Susi?

Toni (verwirrt). Um meine Susi? Ist denn das möglich?

Reifenstein. Werden doch nicht grausam sein?

Schallinger. Ich schau' doch nicht aus wie ein grausamer Vater..

Toni. Ja, aber meine Susi, glauben Sie denn —

Reifenstein. Verzeihen — hab' schon angeklopft — ist ja schon lang' mein Scharm.

Schallinger (zu Toni). Na schau, und Du hast immer geglaubt —

Toni. Aber Pepi!

Reifenstein. Gnä' Frau sind doch darum nicht bös —

Toni. Wenn meine Susi will —

Reifenstein. Wird schon wollen —

Schallinger. Das werden wir ja gleich erfahren. (Geht rasch nach Mitte links und bleibt an der Thüre stehen, sich in die Brust werfend.) Ich behalte mir natürlich meine Entschließung vor. (Oeffnet die Thüre und ruft in's Zimmer.) Susi!

Susi (innen, weinerlich). Was denn schon wieder, Papa?

Schallinger. Komm doch, wenn Dein Vater ruft. (Zu Reifenstein.) Jetzt wirst Du sehen, wie ich meine väterliche Autorität geltend mach'! Geh' ein bissel auf die Seiten. (Reifenstein geht nach hinten rechts, so daß ihn Susi bei ihrem Auftreten nicht sogleich sieht.)

13. Scene.

Vorige. Suſi.

Suſi (kommt zögernd und weinend von Mitte links — ſie hat ein langes Kleid mit halblanger Schleppe an). Aber Papa, ich mag doch noch keinen Mann -- ich kann warten — und wenn's Jahre dauert. (Eilt zu Toni und legt ihr Köpfchen ſchluchzend an deren Bruſt.) Nicht wahr, Mama?

Toni. Schau doch nur auf, Suſi.

Suſi (ſchluchzend). Ich will Niemand ſehen!

Schallinger (determinirt). Du wirſt den Mann nehmen, den Dir Dein Vater beſtimmt!

Suſi (heulend). Ach, Mama!

Reifenſtein (kann ſich nicht länger zurückhalten, vorſtürzend, leidenſchaftlich). Fräulein Suſi! — Auch mich nicht?

Suſi (aufblickend — mit einem jubelnden Aufſchrei). Jeſſas — der Nazi!

Schallinger (beſtimmt). Den wirſt Du heirathen!

Reifenſtein. Nun — Fräulein Suſi?!

Suſi. Ja, iſt's denn möglich — (ihn verſchämt anſchauend, immer in tiefer Erregung) es kommt doch ein Biſſel ſchneller als ich gedacht hab', laſſen's mich nur zu Athem kommen.

Reifenſtein. Bin ja ſelbſt außer mir vor Glück --

Toni. Und Deiner Mutter haſt Du nichts vertraut?

Suſi. Ich hab's ja ſelbſt noch nicht recht gewußt. — Darf ich?

Schallinger (wie oben). Du kennſt meinen unerſchütterlichen Willen.

Reifenſtein (ſeine Arme ausbreitend). Geliebte Suſi!

Suſi (in ſeine Arme eilend, jubelnd). Mein — mein! -- Ewig Dein!

Reifenſtein. Du — Du! (Zu Toni und Schallinger.) Geſtatten? (Küßt Suſi). Wird ſich gute Tante im Himmel freuen!

Suſi. Ach, die arme Tant, das thut mir aber leid.

Reifenſtein (küßt Suſi wiederholt). Herzens-Suſi, war ja nicht andres zu machen.

Suſi (eilt in Toni's Arme, küßt ſie leidenſchaftlich). Ach, liebe, gute Mama! (Zu Schallinger, ihn auch umarmend und küſſend). Lieber Papa — ich bin ja ſo glücklich! So glücklich! (Eilt wieder zu Toni.)

Toni. Du haſt mich ja doppelt glücklich gemacht.

Als Manuſcript gedruckt.

Reifenstein (Susi wieder an sich ziehend.) Mich aber tausendfach!

Schallinger (zu Susi). Du wirst nun einsehen, was ich für ein vorsorglicher Vater bin —

Susi. Ach, Du meinst wegen dem langen Kleid —

Reifenstein. Seh' ich jetzt erst — wundervoll!

Schallinger. Ich hab' halt dafür gesorgt, daß Du als Braut nicht zu kurz kommst.

Reifenstein (zieht das Veilchensträußchen aus seinem Hut). Erlaube! — Verlobungsstrauß kommt nach.

Schallinger (zu Toni). Na, was sagst Du nun zu meiner genialen Combination?

Toni. Ach, Du — Du bist wirklich unverbesserlich!

Schallinger (ihr zärtlich die Wange klopfend). Na ja, Du bist ja doch die Beste! Ich will nun den Schwager Peter aufsuchen — der wird Augen machen! (Reifenstein und Susi, die sich vertraulich unterhalten, betrachtend.) Ich kann wirklich stolz sein auf die Resultate meiner Unternehmungen. (Mitte rechts ab.)

Reifenstein. Komm, Susi (bietet ihr den Arm an).

Susi. Nein, jetzt gehst Du mit meiner guten Mama, ich werd' Dich schon noch lang genug festhalten.

Reifenstein (zu Toni). Hast recht, liebe Susi. (Bietet Toni den Arm an.) Frau Schwiegermama!

Toni (nimmt seinen Arm). Ich hab' Sie doch recht schlecht behandelt —

Reifenstein. Thut nix — (lächelnd) ist man ja gewöhnt von Schwiegermama! (Mit Toni Mitte links ab.)

14. Scene.

Eva (ist schon bei den letzten Worten von Seite links neugierig aufgetreten.) Das klingt ja wie helle Freude zu mir herein.

Susi (will den Andern folgen, wird Eva gewahr, geht freudig auf sie zu). Ach Evi, es ist auch Glück und Freude eingezogen — weißt denn noch nicht — ich bin Braut.

Eva (traurig). Braut?

Susi. Ja! Und jetzt kommst Du an die Reih'.

Eva (schmerzlich lächelnd). Ich!?

Reifenstein (erscheint an der Thür Mitte links). Wo bleibst denn, Susi?

Suſi. Komm' ja ſchon! (Zu Eva.) Schau, Eva — das iſt er! Iſt er nicht ein lieber Mann? So Einen mußt Du Dir auch anſchaffen! (Läuft zu Reifenſtein, der an der Thür wartet.) Da bin ich ſchon, Nazi. (Mit Reifenſtein Mitte links ab.)

Eva (traurig nachblickend). Kann man ſich denn ſo was anſchaffen?

15. Scene.
Eva. Franz.

Eva (den eintretenden Fellner gewahrend). Der Franz!

Franz (der im Anfang der Scene mit großer Befangenheit, die ſich nach und nach verliert und in ungezwungene Offenheit übergeht). Fräulein Eva, ich wollte mir eben erlauben, Sie aufzuſuchen.

Eva (beklommen). Um Abſchied zu nehmen? Mein Vater ſagte mir ſchon —

Franz (förmlich). Ich folge dabei nicht nur ſeinem Wunſche, ſondern auch meinem eigenen Bedürfniß.

Eva (wie oben). Das iſt ſehr freundlich von Ihnen, daß Sie nach dem Vorgefallenen noch Veranlaſſung finden —

Franz. Das war ja doch nur eine einfache Pflicht der Höflichkeit —

Eva. Die ich kaum mehr erwarten durfte.

Franz. Sie haben ſich keinen Vorwurf zu machen, mir iſt nur mein Recht geſchehen.

Eva (wärmer). Sagen Sie das nicht. Ich weiß ſehr wohl, daß mein Unverſtand an Allem ſchuld war.

Franz. Sagen Sie meine Ungeſchicklichkeit. Ich mußte in Ihren Augen ein trockener Pedant ſcheinen —

Eva. Weil Sie meiner Einbildung nicht ſchmeichelten?

Franz. Nein — weil ich Ihre Begeiſterung für Kunſt und Dichtung nicht verſtand.

Eva. Weil Sie einſahen, daß ich nicht zur Künſtlerin berufen ſei?

Franz. Aber zur Lebenskünſtlerin — wozu ja ein kunſt= empfängliches Herz gehört.

Eva. Sie wollen meine Verblendung nur beſchönigen, damit ich nicht ſo beſchämt vor Ihnen ſtehe.

Franz. Sie wollen mir den Abſchied nur erleichtern.

Eva. Und Sie erſchweren mir die Trennung, indem Sie alle Schuld auf ſich nehmen.

Als Manuſcript gedruckt.

Franz (zögernd): Ja, müssen wir uns denn trennen?

Eva. Mein Vater sagte doch —

Franz. Freilich, ich habe mich unbeschreiblich lächerlich gemacht, das werden Sie nie vergessen können.

Eva. O, Sie hatten ganz recht mich zu verspotten — ich war eine Närrin.

Franz. Ich wollte Sie nicht verspotten — ich fand nur nicht den richtigen Weg zu Ihrem Herzen, weil ich fremde Wege ging.

Eva. Aber jetzt?

Franz. Ja, jetzt ist es wohl zu spät.

Eva. Allerdings, nach all' den Kränkungen, die ich Ihnen angethan.

Franz. O, Fräulein Eva —

Eva. Vergessen Sie — vergeben Sie mir — und werden Sie glücklich — aber — (mit Thränen kämpfend) verlassen Sie nur meinen armen Vater nicht — Ihre Hand darauf —

Franz (ihre Hand leidenschaftlich an sich ziehend). Nein, ich will treulich zu ihm halten, wie zuvor — aber Sie, Fräulein Eva?

Eva (stockend). Ich — ich will ihm auch treu zur Seite stehen. (An seinem Halse, in Thränen ausbrechend.) Ich danke Ihnen vom Herzen, Herr Fellner.

Franz (sie in seinen Armen haltend). O, Fräulein Eva, das ist doch das Wenigste, was ich thun kann.

Eva (wie oben). O, Sie wissen gar nicht, wie glücklich Sie mich dadurch machen.

Franz (weicher). Ja, wenn wir ihm Beide vereint zur Seite stehen —

Eva (schmiegt sich immer inniger an ihn). Und ihn trösten —

Franz (sie an sich drückend). Und liebevoll für ihn sorgen —

Eva (wieder schluchzend). Immer vereint — ich und Sie allein — dann — dann — verlang ich ja nichts weiter im Leben

Franz (sie noch immer in seinen Armen haltend, traurig). Warum waren Sie gestern nicht so zu mir?

Eva (sich aus seinen Armen lösend). Ja, gestern war ich noch verblendet.

Franz. Und heute?

Eva (sieht verschämt nieder). Heute nicht mehr.

Franz. Dann — dann könnt' ich ja heut meine Frage wiederholen.

Eva (sieht schüchtern zu ihm auf). Welche Frage?

Franz (leidenschaftlich losbrechend). Eva — wollen Sie die Meine werden? — Ich liebe Sie nach wie vor — ich kann nicht leben ohne Sie!

Eva (mit freudig zitternder Stimme). Wie — Sie könnten vergessen —

Franz (sich auf die Knie vor ihr niederwerfend). Hier lieg' ich und jetzt, Eva — jetzt stehe ich nicht eher auf, bis ich Dein Jawort habe!

Eva (ihre Arme nach ihm ausbreitend). Wenn Du mich jetzt noch willst?

Franz (aufspringend und sie jubelnd in seine Arme schließend). Hurrah! — Endlich mein! — Ja, Dein Vater hatte doch Recht so hätt' ich es gleich machen sollen —

Eva. Mein Vater?

Franz. Ja, der versteht's!

Eva. Mein guter Vater! — Komm' — er darf nicht länger in Ungewißheit bleiben — ich weiß ja, daß ich damit seinen Herzenswunsch erfülle.

Franz. Ja, komm' zu Deinem Vater! (Wendet sich mit ihr zum Abgehen, bleibt plötzlich stehen, verlegen.) Aber wir haben ja unsern Bund noch gar nicht besiegelt —?

Eva (verschämt). Ja, was soll ich denn dabei thun?

Franz (wie oben). Richtig — das ist wohl nun auch meine Sache —

Eva. Ich weiß nicht!

Franz. Natürlich! (Nimmt sie in seine Arme und küßt sie herzhaft.) Eva!

Eva (seinen Kuß ebenso innig erwidernd). Lieber Franz!

Franz. Siehst Du, Eva, ich lern' Alles! (Küßt sie nochmals; mit Selbstbewußtsein.) Du mußt aber Deinem Vater sagen, wie schön ich's gemacht habe! (Mit Eva Mitte rechts ab.)

16. Scene.

Reifenstein. (Dann) Alma. (Gleich darauf) Susi. (Zuletzt) Johannes.

Reifenstein (von Mitte links). Wo ist denn glücklicher Schwiegerpapa — Freund Pepi — (wendet sich Mitte rechts).

Als Manuscript gedruckt.

Alma (tritt ihm von Seite rechts I entgegen, sie hat einen altmodischen Gesellschaftsumhang übergeworfen, mit gesuchter Liebenswürdigkeit). Wenn's nun gefällig wäre, Herr von Reifenstein — (ladet ihn ein, einzutreten) Sie müssen entschuldigen, es hat etwas lange gedauert, meine Clementine fühlt sich ein wenig angegriffen —

Reifenstein. Schad't nicht, hab' Zeit ganz gut angewendet — (will gehen).

Susi (von Mitte links). Was laufst denn davon, Nazi?

Reifenstein (wichtig). Muß doch mit Papa —

Susi (sich an ihn schmiegend). Das hat Zeit.

Reifenstein (sie küssend). Ja — hat Zeit!

Alma (entsetzt). Ja — was soll denn das?! — Vor einer ehrsamen Frau!

Susi. Da darf man doch seinen Bräutigam küssen, Frau Tant'?

Alma (außer Fassung). Mich trifft der Schlag!

Reifenstein. Vor Freude, nicht wahr? War mir auch so.

Johannes (von Seite rechts I). Ja, wo bleibt denn nur der Herr von Reifenstein?

Alma (mit krampfhaftem Lächeln). Er — er hat sich eben mit der lieben, kleinen Susi verlobt.

Johannes (zu Alma). Du sagtest aber doch —

Reifenstein. Ja — geht manchmal schnell.

Johannes (zu Alma). Also wieder blamirt — nun können wir aber mit unsere Clementine einpacken.

Alma (zu Johannes). Laß Dir nichts merken. (Zu Reifenstein und Susi mit schlecht verhehltem Aerger.) Wir gratuliren von Herzen.

Johannes (wehmüthig). Ja — es kommt nur — (Geberde) ein bischen unvorbereitet.

17. Scene.

Vorige. Peter. Eva. Fellner. (Dann) Schollinger. Toni.

Peter (in der Mitte von Eva und Fellner). Ueberraschungen hat's ja heute genug gegeben — aber die freudigste habt doch Ihr mir bereitet. (Eva umarmt ihren Vater, Franz drückt ihm die Hand.)

Alma (für sich). Die auch!

Peter (auf Susi zugehend). Gratulire Dir, Susi! (Drückt auch Reifenstein die Hand — Eva und Franz sind ebenfalls herzugetreten, beide Paare gratuliren sich gegenseitig.)

Schallinger (der kurz hinter Peter eingetreten). Ja, es ist Alles gekommen, wie wir gewünscht haben — man muß seine Ziele consequent verfolgen.

Peter (zu Toni, die eben von Mitte links aufgetreten). Nun, T‎ ich freu' mich aufrichtig —

Toni. Ja, lieber Peter, ich bin glücklich.

Peter (seine Bewegung unterdrückend). Aber ich werde wohl auf Dich verzichten müssen.

Schallinger. Ja, in Berlin können wir nicht bleiben. Mein Schwiegersohn wird mich nicht loslassen. (Gesellt sich mit Toni zur Gruppe Reifenstein 2c.)

Alma (mit erzwungener Freundlichkeit). Sie haben ja doch noch uns, lieber Herr Schwager, wir werden Sie nicht verlassen.

Peter (zu Johannes, der verlegen abseits gestanden). Wie denkst Du darüber, Hans, — Du schaust ja d'rein, wie ein Candidat, der beim Examen durchgefallen.

Johannes (wehmüthig). Lieber Peter — ich glaub es würde nun doch das Beste sein, wenn ich die Direktionsstelle in Detmold annehmen könnte — es ist nur —

Peter. Wegen der Caution? — Da brauchst Du Dir keinen Kummer zu machen.

Johannes. Da wär' ich Dir sehr dankbar.

Alma (ganz versteinert zu Johannes). Du denkst wirklich daran, wieder nach Detmold zu gehen?

Johannes (wie oben). Ich kann doch ohne meine Akten nicht leben — und meine Alma verträgt auch das Klima nicht in Berlin.

Alma. Aber Johann!

Schallinger. Da geht's Ihnen wie mir Frau Schwägerin.

Alma (wirft ihm einen verächtlichen Blick zu). O — Sie!

Peter. Es thut mir ja weh, daß aus allen meinen schönen Plänen nichts wird.

Toni (auf seiner rechten); Johann (an seiner linken Seite, fassen bewegt seine Hände). Lieber Bruder!

Peter. Aber ich seh' ein — es ist leichter, sein eigenes Glück zu gründen, als Andere glücklich zu machen. (Faßt Johann's Hand — herzlich). Geh' Du nur nach nach Detmold — wir werden deswegen doch nicht getrennt sein —

Johannes. Nein — ich kann Dir ja öfters — (Geberde ordnungsmäßig schriftlich.)

Als Manuscript gedru

18. Scéne.

Vorige. Justus. Gertrud.

Justus (tritt von Mitte rechts ein mit einem Riesen-Blumenrad, anlächelnd). Das ist für Fräulein Suschen gekommen.

Reifenstein (das Blumenrad Susi überreichend, zärtlich). Kleine Aufmerksamkeit.

Susi. Ach, wie nett!

Schallinger. Ich hab' halt doch einen kolossalen Schwiegersohn.

Gertrud (ist zu gleicher Zeit mit Justus eingetreten und hat Johann ein Billet übergeben).

Johannes (hat die Adresse gelesen). Für unsere Clementine!? — Wo ist denn — (nach der Thüre Seite rechts I gewendet, ruft) Clementine!

Alma (neugierig). Was ist denn, Johann?

Johannes (holt den Brief (Circular) aus dem offenen Couvert heraus; enttäuscht). Eine Einladung in den Veteranen-Verein.

Peter. Vorläufig lad' ich Euch zur Hochzeit meiner Eva ein — (Franz und Eva treten auf ihn zu) so lange müßt Ihr bleiben. —

Schallinger. Dann aber geht's nach Wien!

Johannes (wehmüthig). Nach Detmold.

Peter (zu Gertrud, die zu Thränen gerührt die Brautpaare betrachtet, bewegt). Ja, Mutter Gertrud — Sie wollen alle wieder fort!

Justus (zu Peter, grinsend). Die ganze Verwandschaft? Meister, Sie sind doch ein Glückspeter!

Gruppe:

Peter steht zwischen Eva und Franz — Justus und Gertrud dicht hinter ihnen — auf der rechten Seite Toni und Schallinger, in deren Mitte Susi und Reifenstein — links Johannes und Alma.

(Der Vorhang fällt.)

Manuscript not for sale.
Wilhelm Jacoby and Franz Deutschinger.

Hergestellt in der Officin von R. Boll, Berlin 1896.